愛經典

閱讀經典，成為更好的自己。

# 潮騷

三島由紀夫 著

尤海燕 譯

# 緣起

愛經典

卡爾維諾說：「『經典』即是具影響力的作品，在我們的想像中留下痕跡，並藏在潛意識中。正因『經典』有這種影響力，我們更要撥時間閱讀，接受『經典』為我們帶來的改變。」因為經典作品具有這樣無窮的魅力，時報出版公司特別引進大星文化公司的「作家榜經典文庫」，期能為臺灣的經典閱讀提供另一選擇。

作家榜經典文庫從二〇一七年起至今，已出版超過一百本，迅速累積良好口碑，不斷榮登各大暢銷榜，總銷量突破一千萬冊，本書系的作者都經過時代淬鍊，其作品雋永，意義深遠；所選擇的譯者，多為優秀的詩人、作家，因此譯文流暢，讀來如同原創作品般通順，沒有隔閡；而且時報在臺推出時，每部作品皆以精裝裝幀，質感更佳，是讀者想要閱讀與收藏經典時的首選。

現在開始讀經典，成為更好的自己。

# 目錄

第一章

# 陌生的少女[1]

歌島是一個只有一千四百人口、周長不到四公里的小島。

歌島上景色最美的地方有兩處。一處是坐落在小島最高點附近、面向西北而建的八代神社。

從這裡可以將位於海灣入口的伊勢海一帶盡收眼底：知多半島自北邊逼將而來；渥美半島從東向北延伸；西面，宇治山田到津的四日市的海岸線若隱若現。

登上兩百級石階，從由一對石獅子護衛著的鳥居處回首眺望，就可以看見被遠

1 本書章節標題為編者所加。

景包圍著的亙古不變的伊勢海。原來這裡有一棵枝丫交錯、呈鳥居形狀的「鳥居松」，曾給這眺望的畫面鑲上了一個有趣的畫框，不過幾年前不幸枯死了。

松樹的綠意還很淺，近岸的海面已經被春天的海藻染成了赤赭色，西北風不停地從渡口凜冽吹來。在這裡欣賞景色美則美矣，就是太冷。

八代神社祭祀著綿津見神。這種對海神的信仰是在漁夫的生活裡自然而然地產生的，他們總是祈求海上的平安，如果遭了海難而得救的話，首先就要給這個神社奉上香火錢。

八代神社裡有六十六面銅鏡，是鎮社之寶。有八世紀的葡萄鏡，也有整個日本僅存的十五、六面中國六朝時代銅鏡的複製品，銅鏡背面雕刻著鹿、松鼠等動物。它們在久遠的古代，從波斯的森林出發，沿著漫長的陸路和波濤洶湧的海路，穿越了半個地球來到這裡，如今在這個小島上安然地生活著。

景色最美的另一個地方，是島上東山山頂附近的燈塔。

矗立著燈塔的斷崖下面，伊良湖水道的海潮聲不絕於耳。這條連接伊勢海和太平洋的狹窄水道，在有風的日子漩渦湍急。水道對面就是渥美半島的盡頭，在遍布石頭的荒涼海邊，立著伊良湖岬小小的無人燈塔。

從歌島燈塔往東南方向可以看到太平洋的一部分。往東北方向，渥美灣對面的群山那邊，在西風強勁的拂曉，有時可以看見富士山。

從名古屋和四日市出港或者進港的輪船，在灣內到外洋的海面上漂浮著的無數漁船之間穿梭遊弋。這些船隻經過伊良湖水道時，燈塔值班人員從望遠鏡裡窺視，馬上就能說出船名。

望遠鏡的鏡頭裡，駛入了三井航線的貨船，這是一千九百噸位的十勝丸。兩個身著淡綠色工裝的船員，一邊跺著腳一邊說話。

過了一會兒，英國船隻克利斯曼號入港了。在上甲板上玩套圈圈遊戲的船員的身影小而鮮明。

燈塔值班人員坐在值班小屋的桌前，把船名、信號符、經過時間和方向全都記在船舶通行報告表上，然後把這些內容編成電碼加以聯絡。收到資料後，港口的貨主就能快速地做好接貨準備了。

到了下午，西沉的太陽被東山遮掩，燈塔落入陰影之中。海上的明亮天空中，鳶在飛翔。鳶在高空飛著，試探般地將兩翼輪流彎曲，眼看著要下降時卻停止了，突然凌空後退，保持兩翼不動，滑翔而去。

天已經完全黑了下來。一個年輕的漁夫，手裡提著一條巨大的比目魚，沿著村裡通往燈塔的山路急匆匆地向上爬去。

年輕人前年剛從新制中學畢業，年方十八，個頭很高，體格強健，只有臉上顯出與他年齡相符的稚氣。他皮膚不能曬得更黑了，鼻子是這個島上居民特有的好看形狀，嘴唇皸裂。他的一雙黑眼睛澄澈靈動，但這是以大海為職場的人從大海那裡得到的恩賜，並非知性的澄澈——他在學校時的成績很糟糕。

今天一整天他都穿著打魚的工作服——那是死去的父親留下來的褲子和粗陋的上衣。

年輕人穿過已經安靜下來的小學校園，從水車旁邊登上了山坡，爬上石階，來到八代神社的後面。神社的院子裡，可以清晰地看見被薄暮籠罩著的幾株桃花。從這裡爬上燈塔用不了十分鐘。

這山路真是崎嶇不平，不習慣的人就是白天也會被絆倒，而年輕人已經是閉著眼睛也可以避開松樹根和岩石了。就像現在，即便一邊想著事情一邊爬，他也不會摔跤。

剛才，在夕陽殘照下，載著這個年輕人的太平丸回到了歌島港。他和船主以及另外一個朋友一起，每天都要駕駛這一艘小汽船出海打魚。回到港口，先把收穫的魚類搬到漁業合作社的船上，再把小船拉上海灘後，年輕人提著要送給燈塔長的比目魚，想著先回家一趟，就沿著海濱走來了。暮色漸濃的海灘上，還有很多漁船正在被拉上來，拉船的吆喝聲鼎沸不絕。

一個陌生的少女將一個被叫作「算盤」的結實木框立在沙子裡，把身子靠在上面休息。那個木框是在用絞車將船隻拉上海灘時墊在船隻底下，一點點往上移動的工具。少女好像是結束了這個工作，正在稍事休息。

少女額頭微微出汗，臉頰火辣辣發熱。寒冷的西風分外強勁，少女卻似乎很享受寒風刮著發燙的臉頰、吹起頭髮的感覺。她身穿無袖的棉衣和束腿的工作褲，手上戴著髒汙的工作手套，健康的膚色和別的女人並無二致，但眉目之間透著一絲嫻靜。少女的眼睛一直盯著西邊海上的天空。在那裡，夕陽的一點紅色已經落入了堆積的烏雲裡。

年輕人對這張臉毫無印象。歌島上沒有他不認識的臉，外來的人一眼就能看出來，但是這個少女的衣著又不像外來的。只是，她一個人出神地看著天空的樣子，和島上快活的女人完全不同。

年輕人故意從少女面前走過，就像小孩打量稀奇的東西一樣，站在正面仔細地端詳著少女。少女輕輕蹙了下眉頭，眼睛依舊沒有看年輕人，而是一直盯著海面。

少言寡語的年輕人觀察完畢後，就快步離開了。那時，他只是因為好奇心被滿足而感到了一種幸福的眩暈。等到這種失禮的觀察在他臉上喚起羞恥感，已經是很久之後，也就是在他攀登通向燈塔的山路途中了。

年輕人一邊登山，一邊透過松林間隙俯瞰眼下潮聲轟鳴的大海。月亮出來之前的海一片黑暗。

拐過「女人坡」——傳說一到這裡就會碰見高個子女妖——抬頭就看到了高處燈塔明亮的窗戶。那亮光刺痛了年輕人的眼睛。由於村子裡的發電機一直在故障，在村裡只能看到煤油燈的光。

年輕人之所以經常這樣去燈塔長的家裡送魚，是因為他覺得燈塔長對他有恩。從新制中學畢業時，年輕人考試不及格，眼看著就要被延後一年畢業。他母親因為經常去燈塔附近撿松針做柴火，所以認識了燈塔長太太。於是他母親向太太懇求，說如果延遲一年畢業，家裡就無法維持生計了。太太向燈塔長一說，燈塔長去找了交情甚篤的校長說情，於是年輕人就免於留級而準時畢業了。

畢業以後，年輕人就出海打魚了，經常會給燈塔長送魚來，有時候也會幫他們跑腿買些東西。因此，他深得燈塔長夫妻倆的喜愛。

在通向燈塔的混凝土臺階前，有一小塊旱田，旁邊就是燈塔長的官邸。廚房的玻璃門上，太太的影子在移動，好像正在準備晚飯。年輕人在那裡打了聲招呼，太太把門打開了。

「哎呀，是新治啊。」太太接過年輕人默默遞上的比目魚，高聲叫道，「孩子她爸，久保送魚來了。」

從屋裡傳來了燈塔長質樸的聲音：

「你總是拿魚來，真是太感謝了。趕緊進屋吧，新治。」

年輕人還站在廚房門口猶豫著。比目魚已經被裝進了一個白色的大搪瓷盤子。牠微微翕動的魚鰓裡流出了血，滲透了白色光滑的魚身。

第二章
# 出海

第二天早晨，新治乘著師傅的船出海了。海面上，薄陰的黎明天空發著白光。到漁場大約需要一個小時。新治腳上是一雙長靴，工作服外面套了一條長及膝蓋的黑色橡膠圍裙，手上戴了橡膠長手套。他站在船頭，眺望著前方灰色天空下的太平洋，腦子裡盡想著昨夜從燈塔回來後直到睡覺前的事情。

……小屋裡，灶臺旁邊吊著一盞昏暗的油燈，母親和弟弟一直在等著新治歸來。弟弟十二歲。從父親在戰爭最後一年被機關槍掃射致死，一直到新治出去工作，多年來都是靠母親一個女人做海女的收入養活了全家。

「燈塔長很高興吧！」

「哦，他讓我進屋裡，還招待我喝了一種叫可可的東西。」

「可可是什麼東西啊？」

「好像是西洋的紅豆湯吧。」

母親對料理一無所知，只懂得要把魚做成生魚片，還是用醋涼拌，是整條烤，還是整條煮。盤子裡放著一整條煮好的角仔魚，是新治剛剛打來的。因為魚沒洗乾淨就煮了，吃的時候經常會嚼到沙子。

新治吃著飯，心裡盼望著能從母親口中聽到那個陌生少女的傳聞。但是母親是個既不喜歡抱怨，也不喜歡議論別人的人。

晚飯後，新治帶著弟弟去了公共澡堂，他想在那裡聽到少女的事情。時間已經晚了，澡堂裡空空蕩蕩，洗澡水也髒了。漁業合作社社長和郵局局長正泡在浴池裡就政治問題高談闊論，那渾濁粗啞的聲音迴盪在天花板上。兄弟倆行了個注目禮，然後在浴池一邊泡下了。無論新治怎麼豎起耳朵聽，也聽不見他們把話題從政論轉到少女身上。其間弟弟早早就跑了出去，新治也一起跟出去問了緣由——原來是弟弟小宏今天玩刀劍遊戲的時候，用木刀打了合作社社長兒子的頭，把他弄哭了。

那天晚上，一貫很快入睡的新治卻輾轉反側。從來沒有生過病的年輕人，害怕自己得了什麼病。

……那種不可思議的不安，一直到今早還持續著。但是，當新治站在船頭看著眼前廣闊的大海時，每日熟悉的勞動的活力又充滿了全身，不由得感到心緒安穩了下來。隨著發動機的震動，小船不斷地抖動，凌厲的晨風拍打著年輕人的臉頰。

右方的斷崖高處，燈塔上的燈光已經熄滅。早春褐色的樹林下面，伊良湖水道的波濤揚起飛沫，在陰暗的晨光中顯現出鮮明的白色。太平丸在師傅熟練的划槳中順暢地穿過了水道的漩渦。但如果是大船要穿過水道的話，必須從總是泛著水泡的兩個暗礁之間的細窄航道通過。航道水深八十到一百噚，但暗礁上方水深只有十三到二十噚。從這條航道標識的浮標一帶，向著太平洋方向，漁民布下了無數的章魚罐。

歌島每年魚類捕獲量中有八成是章魚。從十一月開始的章魚汛期已經接近尾聲，接下來就是春分時節的烏賊汛期。因為伊勢海氣候寒冷，冬季章魚群湧向太平洋深處避寒，這些陶罐就是等在這裡捕獲章魚的。現在，捕章魚的季節也結束了。

歌島臨太平洋的淺海一帶的海底地形，對經驗豐富的漁夫來說，如同熟悉自家庭院一般瞭若指掌。

「海底烏七抹黑的，我們簡直像盲人按摩師一樣啊。」他們說道。

他們用指南針測定方向，與遠處海角的群山相對照，由此推測自己的船所在的位置。知道了船的位置，他們就知道了海底的地形。每根纜繩上都掛著百餘個章魚罐，在海底整齊地排成數列。纜繩上處處繫著浮標，隨著潮水的漲落搖擺著。捕魚的技術掌握在既是船主又是師傅的老練捕魚長手裡——新治和另一個年輕人龍二，只要做他們力所能及的勞力工作就行了。

捕魚長大山十吉有著一張受盡海風蹂躪的皮革一般的臉，連深深的皺紋裡面都被太陽曬得黝黑。而那雙手，哪裡是滲進了髒汙的皺紋、哪裡是打魚生涯所受的舊傷，都已經分不清楚。十吉雖然很少露出笑容，但總是平靜鎮定，即便因為要發出捕魚的指令而必須提高音量，也不會因為生氣而高聲吼叫。

捕魚的時候，十吉通常不會離開尾櫓操縱臺，用一隻手調節著發動機。到了遠海的海面上，許多之前看不見的漁船在這裡聚集，互致著早晨的問候。十吉放慢了小船的速度，一來到自己的漁場，就給新治示意，讓他把傳送皮帶掛在發動機上，再繞在船舷的旋轉軸上。在小船沿著掛章魚罐的纜繩緩慢行駛之際，這個旋轉軸帶動了船舷之外的滑輪，兩個年輕人將掛章魚罐的纜繩搭在滑輪上，輪流拉上來。他們必須不停地拉，否則繩子就會滑回去，一旦被海水浸泡，纜繩就會變得沉重，這樣再拉就需要更多人力了。

海平面上的雲朵籠罩著昏暗的太陽。兩三隻鸕鷀在海裡游著，將長長的脖子伸向水面。往歌島方向看，向南的斷崖被鸕鷀群的糞便染成了純白色。

風還是很冷，新治邊把纜繩捲上滑輪，邊看著深藍色的大海，感覺到從那裡升騰起能讓自己流汗的勞動的活力。滑輪開始轉動，浸溼了的繩子從海上升起。新治的手隔著橡膠手套握住了堅固冰冷的纜繩。拉上來的纜繩通過滑輪的時候，冰雨一般的水沫四散飛濺。

然後，章魚罐從海水裡現出了它們赤赭色的身影。龍二一直守候著，一旦發現罐子是空的，就俐落地將裡面的海水倒掉，不讓罐子觸碰到滑輪，直接將它掛到朝大海深處下降的繩子上。

新治叉著兩腿，一隻腳踩著船頭，像是和海裡的什麼對抗似的，不停地捯著長長的纜繩。纜繩不斷地被捯上來，新治贏了。可是，大海也沒有輸，像是在嘲笑人類一樣，它不斷地將空空的罐子送了上來。

繩子上每間隔七到十公尺的陶罐，已經有二十來個空的了。新治還在捯著，龍二忙著倒水。十吉的表情沒有任何變化，把手放在櫓上，默默地看著年輕人工作。

新治的後背慢慢地滲出了汗珠。被晨風吹拂的額頭上，汗水閃閃發光，臉頰發燙。陽光終於透過雲層，將年輕人躍動的身影淡淡地投射到了他們的腳下。

拉上來的陶罐，龍二並沒有扔到海裡，而是將之倒扣在船中。十吉停止了滑輪的運轉，新治這才朝陶罐這邊看了一眼。龍二拿著木棒戳罐子裡面，章魚怎麼也不出來。他就用木棒用力攪動，章魚才終於像被驚醒了午睡美夢的人似的，萬般不情願地滑動全身爬了出來，盤踞成一堆。機械室前面的大魚槽的蓋子彈了起來——今天最初的收穫，發出沉悶的聲音，一下子滑到了槽底。

整個上午，太平丸基本都在捕撈章魚，收穫卻只有五隻。風停了，太陽發出了燦爛的光芒。太平丸穿過伊良湖水道回到伊勢海。那裡是禁漁區，他們準備偷偷地「掛釣」捕魚。

所謂「掛釣」，就是把許多結實的魚鉤串在一起，開動小船，讓魚鉤像耙子一樣在海底捕魚。掛著很多魚鉤的繩子，平行地綁在纜繩上，纜繩則被水平地沉入大海。過了一會兒拉上來一看，四條鯒魚和三條舌鰨魚從水面上蹦了出來。新治赤手把魚鉤取了下來。鯒魚翻著白肚皮，躺在了滿是血跡的甲板上。舌鰨魚那被皺紋埋沒的小眼睛裡和黑色濡溼的身體上，都映出了藍天。

到了午飯時間，十吉將捕獲的鯒魚在發動機的蓋子上做成生魚片裝在了三人的鋁製便當盒的蓋子上，又淋上了用小瓶帶來的醬油。三個人捧起了旁邊放著兩三片醃蘿蔔的麥飯便當。小船在平穩的波浪中搖晃著。

「你們知道嗎？宮田家的照老爺把女兒叫回來了。」十吉突然開口道。

「不知道。」

「不知道。」

兩個年輕人搖了搖頭。於是十吉就說了起來：

「照老爺有四個女兒和一個兒子。女兒太多了，三個嫁了出去，一個送出去給人當了養女——是最小的女兒，叫初江，被送到了志摩老崎的海女那裡。可是，獨生子阿松去年心臟病發突然死了，照老爺又是個鰥夫，一下子寂寞起來。所以他就把初江叫了回來，恢復了戶籍，想招個入贅女婿呢。初江是個大美人，年輕小夥子都想娶她，了不得呢。你們倆想不想啊？」

新治和龍二面面相覷，笑了。兩人的確都紅了臉，只是都被曬得黝黑，看不出紅色而已。

在新治的心中，這個女孩已經和在海邊看到的那個女孩緊緊地聯繫在一起了。與此同時，他想到自己阮囊羞澀，失去了自信，昨天那麼近距離觀察的女孩，現在感覺已經離自己遠去了。宮田照吉是個富翁，是山川運送公司專屬用船——一百八十五噸位的機動帆船歌島丸和九十五噸位的春風丸的船主，還是個遠近聞名的壞脾氣，一訓起人來，他那獅子鬃毛一般的白髮就會直豎起來。

新治考慮問題總是腳踏實地。自己還只有十八歲，現在就想異性的事情未免過早。與都市少年有著太多刺激的成長環境不同，歌島上沒有一家柏青哥店、沒有一家居酒屋，也沒有一個陪酒女。對未來，這個年輕人有著單純的夢想，就是能擁有一艘自己的機動帆船，和弟弟一起從事沿岸運輸業。

新治周圍有著廣闊的大海，但他壓根沒有要去海外展翅高飛的夢想。大海對於漁夫來說，就像土地對於農民一樣。海是生活的場所，是漁家賴以生存的田地。取代了土地上的稻穗和麥穗，海上變幻不定的白色浪穗，像是在碧藍一色、觸感極好的柔軟泥土上，不停地搖曳。

……雖說如此，那天打完魚時，新治望著一艘白色貨船在海平線上的暮雲前飛馳而過的身影，心裡還是充滿了不可思議的感動。世界以他之前從未想過的廣闊，從地球的另一邊逼近而來。對這個未知世界的印象就像遠雷那樣，遠遠地轟鳴而來，又消失而去。

船頭的甲板上，一隻小小的海星被曬乾了。坐在船頭的年輕人，把視線從暮雲那裡移開，輕輕地搖了搖綁著白色厚毛巾的頭。

第三章

# 禱告

那天晚上，新治去參加了青年會的例會——過去叫作「寢屋」的青年寄宿制度，現在被改成了這個名字。比起在自己家裡睡覺，還是有很多年輕人更喜歡在海邊這煞風景的小屋裡住宿。在這裡，大家就教育和衛生問題、打撈沉船、海難救助，以及自古就是年輕人祭典活動的獅子舞、盂蘭盆舞等加以認真的討論，在這裡就會感到自己和公共生活發生聯繫，可以體會到一個男子漢應該負起的愉快重任。

緊閉的防雨門板被海風吹得嘎嘎作響，煤油燈搖曳著，忽明忽滅。屋外的大海近在咫尺，海潮的轟鳴聲，像是在朝著被燈影勾勒出來的年輕人的快活臉龐，講述大自然的不安和力量一般。

新治進來的時候，燈下正好有個年輕人手腳趴在地上，讓朋友用一個生了鏽的推子給他理髮。新治微笑著，在牆邊抱膝而坐。他總是這樣默默地聽著別人的意見。

年輕人都大聲笑著比試今天打魚的收穫，也毫不客氣地說對方的壞話；喜歡讀書的年輕人拚命看著這裡晚一個月才到的雜誌；也有人用同樣的熱情，入迷地看著漫畫書，他用雖然年輕但關節粗大的手按著書頁，有時候一頁上的幽默沒看懂，思考了兩三分鐘才笑出來。

在這裡，新治也聽到了關於那個少女的傳言。一個牙齒不整齊的少年，張開大嘴笑完了說：「提起初江啊……」

這些隻言片語，也傳進了新治的耳朵，之後就淹沒在喧囂的笑聲裡，聽不見了。

新治是個沒有任何心事的少年，但這個名字就像一道難題，讓他心煩不已。光是聽到名字他就臉頰發燙，胸口怦怦直跳。只是這樣一直坐著，身上居然就出現了只有劇烈勞動才能發生的變化，真是可怕。他把手掌貼在自己臉上一試，感覺那熱度簡直不是自己的臉。連自己都搞不清楚的東西傷害了他的自尊，而怒氣讓他的臉頰變得更加通紅。

大家就這樣等待著支部長川本安夫的到來。安夫只有十九歲，但他是村裡的名門之後，有著牽引眾人的力量。他這麼年輕就知道如何裝腔做勢，集會時是一定要遲到的。

門一下子被打開，安夫進來了。他身形肥碩，遺傳了他那嗜酒如命的父親的赭紅色的臉，雖不令人討厭，但那雙淡淡的眉毛透著狡猾。他的一口標準語很漂亮。

「不好意思來晚了。那麼趕緊開始討論下個月要辦的事吧。」

說著，他坐在桌子前攤開了筆記本。不知為何，安夫非常著急：

「之前的計畫是，哦，舉辦敬老會和運石修路。另外，還有村委會的委託，讓我們清掃下水道消滅老鼠。這些都是要——呃——天氣不好不能出海的日子來做。滅鼠嘛，什麼時候都可以。即使在下水道之外的地方殺了老鼠，警察也不會來抓吧。」

大家笑了。

「啊哈哈。是呀，是呀。」有人這麼說。

有人提議拜託校醫做衛生講座，又有提案說要舉行辯論大會，可是剛剛過了舊曆新年，已經厭煩了各種活動的年輕人不大有幹勁。之後是油印的機關報《孤島》的評論會，一個喜歡讀書的年輕人在隨筆末尾引用的法國詩人保爾．瓦雷里的詩句成了大家發難的對象：

不知不覺中我悲傷的心
莫名其妙地在大海中央
洶洶地展開瘋狂的
翅膀，翱翔……

「『洶洶』是什麼意思啊？」
「『洶洶』就是『洶洶』啊。」
「不是『慌慌張張』嗎？」
「是呀是呀，是『慌慌張張地展開瘋狂的翅膀』才對啊。」
「『保爾．瓦雷里』又是誰呀？」

「是個厲害的法國詩人呢。」

「什麼呀，完全不懂在說什麼呢。不是從什麼流行歌曲那裡抄來的吧？」

就這樣，例會總是在罵來罵去中結束。支部長安夫匆匆離開了。不明就裡的新治抓住一個朋友問了其中的緣由。

「你不知道嗎？」朋友說道，「他被宮田家照老爺邀請參加女兒回家的慶祝宴會去了呀。」

不久，沒被邀請去宴會的新治一個人離開了大家，本來他會和他們談笑著回家，但今天他沿著海邊走向了八代神社的臺階。他在依山而建、鱗次櫛比的房屋裡，發現了宮田家的燈火。燈火都是煤油燈發出的光。宴會的情形是看不到的，但煤油燈敏感跳動的火焰，一定將少女安靜的眉毛和長長睫毛的影子，搖曳多姿地映在了她的臉頰上。

新治來到了臺階下面，仰望著落下稀疏松影的兩百級白色臺階。他開始攀登，木屐發出清脆輕快的聲音。神社四周不見人影，神官家已經熄燈休息了。

儘管一口氣爬上了兩百級臺階，年輕人寬厚的胸膛也絲毫不起波瀾。他在神社前謙虛地彎下了腰，垂下胸膛，將一個十圓硬幣投進了功德箱，一咬牙又投進了一個。在響徹庭院的拍手聲中，新治在心裡許下了這樣的願望：

「神啊，請保佑我出海平安，收穫豐厚，村子越來越繁榮！我還是個少年，請保佑我今後成為一個合格的漁夫，一個熟知大海、魚類、船隻、天候，精通所有事情的優秀漁夫吧！請保佑我溫柔的母親和年紀尚幼的弟弟吧！在海女出海的季節，保佑海中的母親不被各種危險侵襲！……然後，還有一個不情之請，請賜予我這樣的人一個善良美麗的新娘吧！……就像宮田照吉家回來的那個女孩那樣的……」

風吹遍庭院，松樹的樹梢喧騰了。吹進神社黑暗深處的風，發出森嚴的聲響。海神好像欣然接受了年輕人的祈禱。

新治仰望星空，做了一個深呼吸，這樣想道：我這麼任性的禱告，神靈不會給我降下懲罰吧？

第四章

# 廢墟中的邂逅

那之後四、五天都是大風天。歌島港的防波堤上驚濤拍岸，高高捲起水花。無邊無際的大海上泛著白色的浪頭。

天氣晴朗，但因為大風，全村都沒有出海，母親就讓新治去幫了個忙。大家在山裡採集的樹枝，都堆放在山上原陸軍崗哨處。用紅布繫起來的就是母親採的。青年會的運石工作上午就結束了，母親讓新治去幫她把樹枝拿回來。

新治背著運木柴的木框出門了。去山上要經過燈塔。在女人坡一轉彎，風就不可思議地停了。燈塔長的房子闃無人聲，就像全家都在午睡。燈塔的值班小屋裡，可以看見面對桌子的值班員的後背；收音機傳出音樂聲。爬著燈塔後面的松林的陡坡，新治出汗了。

山中萬籟俱寂，根本不見人影，甚至連一隻野狗也看不見。這個小島因為產土神的禁忌，別說野狗，連家犬也沒有一隻。島上淨是陡坡，土地狹窄，也沒有幫助運輸的牛馬。說起家畜，只有家貓，徘徊在人家之間的石階路上。牠們用尾巴尖輕撫著家家戶戶清晰地落在石階路上凹凸不平的影子，沿著石階走下來。

年輕人向著山頂爬去。這裡是歌島的最高處，但是被楊桐和茱萸等灌木和高高的野草圍繞，視野並不好，只能從草木間聽到潮聲。從這一帶往南下山的路幾乎都被灌木和草叢遮擋住了，要走到崗哨，必須繞好大一個彎。

不久，新治遠遠望見了松林沙地對面鋼筋水泥的三樓建築。這座白色的廢墟，在四周空無一人的自然的靜寂中顯得非常怪異。從前，士兵在二樓的露臺把雙眼貼在望遠鏡上，確認從伊良湖岬對面的小中山射擊場射出的實驗炮的落點。室內的參謀問：「落在哪裡了？」然後士兵回答。整個戰爭期間，他們都在重複著這樣的生活。宿營的士兵還把不知不覺中消耗的糧草歸咎為狸妖作怪。

年輕人伸頭窺探了一眼崗哨一樓，裡面成捆的松樹枯枝堆積成山。一樓被當成倉庫使用，因為窗戶很小，其中還有幾扇玻璃沒破。憑藉著那一點玻璃的反光，他馬上發現了母親的記號——幾束枯枝被紅布纏著，上面用稚拙的毛筆字寫著她自己的名字「久保富」。

新治放下背上的木框，將枯松針和樹枝綁了上去，又覺得好不容易來一次崗哨，馬上返回有點可惜，便把東西先放在一邊，登上了混凝土的臺階。

上方傳來了木頭和石頭碰撞的輕微聲音。年輕人豎起了耳朵。聲音斷了，他想肯定是心理作用。

登上臺階，二樓一片廢墟。大窗戶的玻璃和窗框都已經脫落，落寞地框著大海。露臺的鐵柵欄也沒了。灰色的牆壁上，還留著白粉筆亂塗的痕跡。

新治接著往上爬。當他從三樓窗戶望去，將目光停留在建了一半就廢棄的國旗升旗臺上時，的確聽到了有人啜泣的聲音。他跳了起來，腳踏運動鞋，輕快地奔上了屋頂。

看著悄無聲息地突然出現在眼前的年輕人，對方不禁驚呆了。一直哭泣著的穿著木屐的少女，止住了哭聲呆立在那裡。她就是初江。

面對這出乎意料的幸福邂逅，年輕人幾乎不敢相信自己的眼睛。兩人就像在森林中不期而遇的動物一樣，充滿了警戒心和好奇心，緊張地對視著。終於，新治開口了：「你是初江吧？」

初江不禁點了一下頭，對於年輕人知道自己的名字有點驚訝。但是，這個憨著一股勁的年輕人那認真的黑色瞳仁，讓初江回憶起了在沙灘上一直盯著自己的那張年輕人的臉。

「剛才哭的是你嗎？」

「是我。」

「為什麼哭呢？」新治像個警察似的盤問。

沒想到少女乾脆俐落地回答了。原來燈塔長太太要給村子裡的有志少女舉辦一個女子禮儀講座，初江也是第一次參加。因為來得太早，所以想去後山轉轉，沒想到迷了路。

這時，兩人頭上有鳥的影子掠過，是一隻隼。新治認為這是吉兆。於是，他原本打結的舌頭放鬆了，恢復了平時的男子漢氣概，告訴初江自己回家要經過燈塔前，所以可以送她過去。少女顧不上擦拭流下的眼淚，就笑開了，宛如雨中射出的一道陽光。

初江穿了一條黑色嗶嘰褲子，上身是紅色毛衣，紅色天鵝絨的襪子下面是一雙木屐。她站起來從混凝土的屋頂邊緣俯瞰大海，問道：「這個房子是幹什麼用的啊？」

新治和她稍微保持一點距離，也靠著邊緣，答道：「是崗哨呀。在這裡能看到大炮的炮彈打到哪裡去了呢。」

被山擋住的小島南側沒有風。太陽照射下的太平洋一覽無餘。斷崖的松樹下面，聳立著被鸕鷀的糞便染白的岩石，小島附近的洋面因為海底海帶群集，呈現出黑褐色。怒濤拍打著高高的岩石，新治指著其中一塊說：「那裡就是黑島。據說鈴木警察在那裡釣魚時，被海浪給捲走了。」

此時，新治感到十分幸福。但是，初江必須去燈塔長家的時刻逼近了。初江把身子從混凝土屋頂邊緣挪開，朝著新治說道：「我得走了。」

新治沒說話，顯出一副吃驚的表情。初江紅色毛衣的胸前，橫著一道黑線。

初江也發覺了，這是剛才胸口靠著的混凝土牆邊上的汙黑沾到自己衣服上了。她低下頭用手拍打自己的胸脯。毛衣下面微微隆起的部分彷彿藏著堅固的支撐，在她粗暴的拍打中微妙地晃動。新治看得入迷了。少女的乳房在她頻頻拍打的手下，像一隻正在玩耍的小動物。年輕人被這富於運動彈力的柔軟感動了。那道黑色的髒汙被撣掉了。

新治先起身，走下混凝土臺階。初江的木屐發出清脆的響聲，迴盪在廢墟的四壁間。從二樓走下一樓時，新治背後的木屐聲停止了。新治回頭一看，少女一直在笑。

「怎麼了？」

「我滿黑的，不過你也夠黑呢！」

「怎麼了？」

「被太陽曬得真厲害呀。」

年輕人沒來由地笑著走下了臺階，正要那麼離開，又折返回來。原來是忘了拿母親讓他取的燒火用的樹枝。

返回燈塔的路上，年輕人背著堆成小山的松枝，在少女前面走著。被少女問了名字，新治這才告訴了她。然後他又慌張地叮囑她不要對別人說自己的名字，以及在這裡和自己相遇的事情。新治很清楚，村子裡的人都喜歡多嘴多舌。初江保證絕不說出去。忌憚愛管閒事的村裡人這個正當的理由，讓這次平淡無奇的偶遇變成了兩人的祕密。

新治還沒想出下次見面的藉口，只能默默地走著，兩人已經來到了能俯瞰燈塔的地方。年輕人告訴了少女通向燈塔長官舍後院的近路，自己故意繞遠路回家，兩人就在這裡分別了。

# 第五章
# 初吻

之前，年輕人一直過著雖然清貧但是安穩滿足的生活，可是自從那天開始，他每天都被不安所折磨，變得悶悶不樂。他擔心自己沒有值得初江動心的地方。他擁有除了痲疹之外從沒得過病的健康、能環繞歌島五圈的泳技、自信比誰都強的臂力，然而儘管如此，他還是覺得這些都不足以打動初江的心。

自那之後他就很難有機會再見到初江了。出海歸來，他總要環視海濱，即使偶爾能看到初江的身影，她也都在忙著做事，沒法過去打招呼。初江再也沒有像之前那樣一個人背靠著「算盤」，遙望海面了。然而，每當年輕人疲於思念，下定決心不再想初江時，就必定會在出海歸來的熱鬧沙灘中看到初江的身影。

城裡的少年會在小說和電影中學到戀愛的方法，但歌島上的年輕人沒有可以模仿的對象。所以即便新治回憶起那段從崗哨到燈塔兩人獨處的寶貴時光，他也依舊不知道當時應該做什麼，只是無比悔恨當時什麼都沒有做。

雖然不是周年忌日，但今天是父親的月忌日[1]，全家都去掃墓了。因為新治每天都要出海，所以選在出海前的時間。新治和還沒去上學的弟弟手捧線香和佛花，跟著母親一起出門了。在這個島上，就算家裡沒人也不會有小偷光顧。

墓地在村外沙灘延伸出的低矮懸崖上，漲潮時海水幾乎要淹上懸崖。斜坡上坑坑窪窪，盡是墓碑。其中一座因為沙土的地基不夠結實，已經傾斜了。

天還沒有亮。燈塔方向已經微明了，面向西北的村子和港口還在黑夜中沉睡。

新治提著燈籠走在前面。弟弟小宏不停揉著睏倦的眼睛跟了上來，手裡拽著母親的衣襟開口了：「今天的便當，要給我四個萩餅啊！」

「傻瓜，只有兩個呀。你要是吃了三個，會吃壞肚子的。」

「不要，給我四個嘛！」

庚申守夜[2]和祖先忌辰時做的萩餅，大小如枕頭一般。

墓地裡冷冷的晨風沒有方向地亂吹。被小島遮掩了的海面一片昏暗，遠處的海面則被曙光染紅了。從這裡可以望見圍繞伊勢海的群山。在黎明熹微中的墓碑，看起來宛如停泊在熱鬧港灣裡的點點白帆。這是再也不會鼓起的船帆，是在永久的休息裡重重地垂下，就那樣變成了石頭的船帆。碇石深深地刺進了黑暗的土地中，再也不能被拔起。

來到了父親的墓前，母親把花插好。她劃了好幾次火柴都被風吹熄，好不容易才點燃了線香，然後讓兩個兒子祭拜了父親，自己在他倆身後祭拜、哭泣。

這個村子裡流傳著船上「不能載獨身一人的女人與和尚」的說法。父親的死就是因為犯了這個禁忌。一個老太婆死了，合作社的船載著她的屍體去答志島驗屍。在離歌島三海里的地方，他們遇到了B24艦載機——先是投下了炸彈，然後是機關槍掃射。那天當值的輪機手是個替班的新手，不熟悉機器。停止的發動機冒出了黑煙，被敵機當成了目標。

管道和煙囪被炸裂，新治父親的頭部從耳朵以上被炸得血肉模糊；另外一人眼

1 指每月的忌日。

2 中國道教的「守庚申」傳入日本後，變成混合了佛教和神道教的民俗祭祀活動。庚申日當天會安排「庚申講道」，祭祀活動由參加講道的人家輪流主辦。講道結束後，主辦人家端出酒食招待客人，通宵歡宴。江戶時代以後，成為百姓的一個重要社交場合。又名「庚申」、「庚申會」。

睛中彈，當場死亡；一人背部中槍，子彈留在了肺裡；一人腿受傷了；一人被炸飛了一半屁股，因為出血過多，不久就喪命了。

甲板和船底成了一片血海。油罐被射中，石油滿溢在血海之上，沒法採取俯臥姿勢的人腰都被打傷了，躲在船頭船艙的冷藏庫裡的四個人得救了。有個人拚命穿過船橋的後窗逃跑了，可是等他折回來再想從那個小小的圓窗鑽過去時，卻怎麼也鑽不過去了。

就這樣，十一個人之中死了三個，可是捲了一床粗席橫躺在甲板上的老太婆的屍體，卻連一個彈孔也沒有。

「捕玉筋魚的時候，爸爸可真嚇人呢。」新治回頭看了眼母親說道，「我幾乎每天都挨打，連消腫的時間都沒有。」

捕玉筋魚得在遠海的四噚澤進行，需要高難度的技術。漁夫模仿海鳥追捕海底魚群的方法，使用綁著鳥羽的有韌勁的竹竿捕捉，這需要兩人配合默契。

「對呀對呀，是這樣的。捕玉筋魚就是在漁夫當中也是要比拚男人實力的。」

小宏對哥哥和母親之間的對話不感興趣，一心想著十天後修學旅行的事情。哥哥在弟弟這麼大的時候，因為家貧沒能參加修學旅行。這次哥哥憑著自己出海賺來的錢，給弟弟存夠了旅行的費用。

一家人祭奠完畢，新治因為要做出航的準備，直接一個人來到了海灘。母親則回家，趕在出航前給新治送來便當。

年輕人快步走到太平丸時，來往的人說的話隨著晨風吹入了他的耳朵。

「聽說川本家的安夫要和初江結婚，做入贅女婿了。」

聽到這個，新治的心變成了一片黑暗。

這天，太平丸還是捕撈了一天章魚。

回到港口之前的十一個小時裡，新治幾乎一句話也沒說，只是全心全意地投入工作。他平時就少言寡語，所以就算一直保持沉默，也並不讓人奇怪。

回到港口，他們像往常一樣先對接上了合作社的船，把章魚卸下來，又把其他魚透過中間商賣給了叫作「買船」的個人批發商。掛在秤上的金屬籠子裡，黑鯛魚在夕陽下閃閃發光地跳動著。

今天正是每十天結算一次貨款的日子，新治和龍二跟著師傅來到了合作社的辦公室。這一天的收穫一共有一百五十多公斤，扣除了合作社的手續費、一成的儲蓄金和損耗費用後，最終是兩萬七千九百九十七圓的純收益。新治按工作量從師傅那裡獲得了四千元的收入。捕魚旺季已過，這算是不錯的收入了。

年輕人一邊用手指蘸著唾沫，一邊用粗糙的大手仔細地數著鈔票。他把錢放進寫著名字的紙袋，深深地藏在了工作服上衣的內袋裡。然後，他朝師傅鞠了一躬就離開了。師傅和合作社社長圍坐在火盆前，互相吹噓著自己用海松木親手製作的菸嘴。

本想直接回家的年輕人，信步走到了日暮的海灘上。

最後一艘船正被拖上來。負責轉動絞車和幫忙牽引繩子的男人太少，兩個女人將「算盤」放在船下，把船往上推。眼看著沒什麼進展，海灘已經暗下來，也看不見前來幫忙的中學生了，新治決定幫一下忙。

這時，正在推船的一個女子抬起頭來朝這邊看，是初江。新治不願看這個從早晨開始就使自己心情變得灰暗的少女的臉。可是，他還是走近了。沁滿汗珠的額頭、通紅的臉頰、凝視著船被拖上去的方向的黑色發光的瞳仁——那張臉像一團火在暮色中燃燒。新治無法將眼睛從那張臉上移開，他沉默地握住了繩子。轉動絞車的男人說了聲「謝謝」。新治的手臂強壯有力，船馬上就沿著沙灘滑上去，女人抱著「算盤」慌忙朝著船頭跑去。

船被拉上了海灘。新治頭也不回地向自己家走去。他很想回頭看，但還是忍住了。

打開拉門，看見自己家和往常一樣：昏暗的燈光、茶褐色的鋪席。弟弟趴在那裡，把教科書湊到燈下讀。母親正在灶前忙著。新治腳上穿著長筒膠靴，上半身仰面朝天，攤在了鋪席上。

「你回來了。」母親說。

新治喜歡默不作聲地把裝錢的紙袋遞給母親。母親也心裡有數，故意裝作忘記了今天是發工資的日子，因為她知道兒子想看自己吃驚的樣子。

新治把手放進了工作服的內袋裡，錢不在。他又去另外一個上衣的口袋找，接著翻褲子的口袋，連褲子裡面也伸手進去摸。

肯定是掉在海灘上了。他一言不發就跑了出去。

新治剛跑出門，不一會兒門口就傳來了人聲。母親出門一看，昏暗的地上站著一個少女。

「新治在嗎？」

「剛剛回家，又出去了。」

「這是我在海灘上撿到的。上面寫著新治的名字。」

「啊呀是嗎？你真是太好了。新治就是去找這個了吧！」

「我去告訴他吧。」

「是嗎，那太謝謝了！」

海灘已經一片漆黑。只有答志島、菅島的微弱燈光在海面上閃耀著。安靜休息著的無數漁船，在星光下船頭高聳，面向大海排成了一列。

初江看見了新治的身影，剛看見，影子又消失在了船的背後。他在俯身尋找，似乎沒看見初江。在一艘船的陰影裡，兩人正好碰上了。年輕人茫然不知所措地佇立著。

少女給新治講了事情的來龍去脈：她已經把錢交給了新治的母親，自己是來轉告他的；而且，她向幾個人打聽了新治的家在哪裡，為了不讓人懷疑，還每次都給人看了那個紙袋。

年輕人安心地鬆了口氣。他微笑時潔白牙齒漂亮地顯露在黑暗中。因為一路著急跑來，少女的胸口上下起伏著。新治想起了海面上洶湧低吼的深藍色波浪。早晨以來的痛苦憂慮解開了，他又恢復了勇氣。

「聽說川本家的安夫要去你家當入贅女婿，是真的嗎？」

這個問題，從年輕人嘴裡流暢地說了出來。少女笑了起來，笑得越來越厲害，都笑岔了氣。新治想去制止，但她還是笑個不停。他把手搭在了少女肩上，明明沒有用力，初江卻癱坐在了沙子上面，還是笑個不停。

「怎麼了？怎麼了？」

新治蹲在她身旁，晃著少女的肩膀。

少女總算從笑裡醒了過來，從正面嚴肅地看著年輕人的臉，馬上又笑了出來。新治把臉伸過去，問道：「是真的嗎？」

「傻瓜。胡扯。」

「可是，大家都這麼說啊。」

「都是胡扯呀。」

兩人在船的影子裡抱膝而坐。

「噢噢，難受。笑得太厲害了，這裡難受。」

說著，少女按著胸口。平織工作服的橫條紋已經褪色，只有胸口那裡劇烈地起伏。

「這裡痛。」初江又說了。

「沒事吧？」新治不由得把手伸過去。

「如果你能幫我按著，我會輕鬆點。」少女說了。

於是，新治的心怦怦直跳。兩人的臉頰靠得很近，彼此身上的氣味像大海的香氣一樣強烈，他們互相感覺到了對方的熱意。乾裂的嘴唇碰在了一起，有點鹹味，新治覺得像是海藻。過了那個瞬間，年輕人對此生以來的初次經歷感到愧疚，將身子移開，站了起來。

「明天我出海回來，就去燈塔長那裡送魚。」

新治看著大海的方向，裝作威嚴的樣子，用男子漢的態度這麼宣言了。

「我在那之前也去燈塔長的家裡。」少女也看著大海的方向宣言道。

兩人分別朝船的兩側走去。新治打算直接回家，發現少女並沒有從船的影子裡出現。但是沙灘上照出來的影子，告訴新治她藏在船頭了。

「影子可是完全露出來了啊。」年輕人提醒她。

於是，像一頭野獸一樣，穿著粗條紋工作服的女孩從那裡跳了出來，頭也不回地沿著海灘跑遠了。

第六章

# 再遇初江

第二天，從海上回來的新治，將兩條五六寸長的虎魚用稻草穿了魚鰓，提在手裡去了燈塔長家。從八代神社後面登上來的時候，他想起還沒有給保佑自己的神靈表示感謝，就繞到前面，獻上了虔誠的祈禱。

拜完神靈之後，他眺望著已經被月光照耀的伊勢海，做了一個深呼吸。幾片雲朵像古代的神靈一般，浮現在了大海之上。

年輕人感到圍繞著他的豐饒的大自然，和自己融為一體了。他深深的呼吸，宛如創造出大自然的看不見的東西滲入了他身體的深處；他聽見的潮聲，彷彿大海巨潮的流動和他體內充滿活力的熱血奔湧的合奏。新治每天的生活並不需要音樂，這一定是因為大自然本身就是音樂。

新治把虎魚提到和自己眼睛一樣的高度，面對著牠那長著刺的醜臉，伸了伸舌頭。魚明顯還活著，但絲毫動彈不得。新治伸手戳了戳其中一條的下顎，讓牠在空中跳躍。

年輕人就這樣在那裡拖拖拉拉，就這樣有點惋惜這幸福的相遇來得太早。

燈塔長和太太都很喜歡新來的初江。本來覺得她似乎有點內向，不夠可愛，但轉眼她就會帶著女孩氣地笑出聲來。她有時候好像喜歡發呆，卻很會看情況。在女子禮儀學習會結束時，別的女孩子還沒反應過來，初江就迅速地把自己用過的茶杯收拾起來，一邊洗茶杯，一邊幫著燈塔長太太做些洗洗涮涮的工作。

燈塔長夫妻倆有個女兒在東京上大學，只有放假的時候才能回來。所以夫妻倆就把村裡這些經常造訪的女孩當成自己的女兒，真心為她們的境遇操心、為她們的幸福開心。

已經在燈塔度過了三十年時光的燈塔長，因為長了一張頑固不化的臉，還有一副對著偷偷跑進燈塔探險的村裡頑童怒喝的大嗓門，孩子都很怕他。但他其實心地善良，孤獨使他完全不相信別人會有惡意。對住在燈塔的他們來說，最上等的菜餚就是客人的造訪。不顧遠途來到他這遠離人煙的燈塔造訪的客人，不可能偷藏著惡意。而被他們毫無芥蒂地熱情款待後，無論是誰，心裡的惡意都會消失吧。事實上，就像他經常說的那樣：「惡意不像善意那樣能走遠路。」

太太也是個好人。過去她當過鄉村女子學校的教師，漫長的燈塔生活越發培養了她讀書的習慣，無論什麼事情她都知道，簡直就是一個「行走的百科全書」。她知道斯卡拉大劇院在米蘭，連東京的電影女明星最近在哪裡扭傷了右腳都知道。她剛在和丈夫的爭論中贏了對方，接下來又忙著縫補丈夫的襪子或準備晚飯。來了客人，她就滔滔不絕地講話。村裡也有人被燈塔長太太的能言善辯迷住，就拿自己沉默寡言的妻子與之相比，然後又自以為是地同情起燈塔長來。不過，燈塔長可是非常尊敬自己博學多識的妻子的。

燈塔長的官舍是三間平房。所有房間都像燈塔內部一樣收拾得乾乾淨淨，擦得光可鑑人。柱子上掛著船舶公司的掛曆，茶室圍爐裡面的灰都被整齊地抹平了。客房的角落裡，就算女兒不在家，裝飾著法國人偶的桌子上、藍色玻璃的空筆盤也閃閃發光。用燈塔機油渣滓製成煤氣做燃料的五右衛門浴桶[1]，也建在房子後面。和不整潔的漁夫房屋相比，就連廁所門口的擦手巾，也總是剛洗好的深藍色，清新可愛。

燈塔長一天的大部分時間，都是在圍爐旁叼著黃銅的菸管抽新生牌香菸。白天的燈塔是死寂的。年輕的燈塔員忙著在值班小屋裡通報船舶經過的訊息。

那天也不是女子禮儀的例會，但臨近傍晚時，初江用報紙包了海參作為禮物，登門拜訪了。藏藍色的嗶嘰裙子下面是肉色的棉長襪，外面又套了紅色的短襪，毛衣是一直穿的那件深紅色的。

她剛一進屋，太太就用爽朗的聲調開口了：「裙子是藏藍色的時候，襪子配黑色才好看呢，初江。你有的吧，好像之前穿著來過。」

「唉，是的。」初江稍稍紅了臉，坐在了圍爐旁邊。

和大家多少有點正襟危坐、燈塔長太太也認真講授的例會時不同，在圍爐旁邊，她隨意地話家常。看到年輕的女孩，她就會從戀愛的大道理講起，然後問：「有

1 因盜賊五右衛門被判入鍋煮死得名。在浴桶底下連接平底鍋，直接燒開鍋內之水，供人入浴。

喜歡的人嗎？」看到女孩忸忸怩怩的樣子，燈塔長有時候也會故意發難。

天已經快黑了，夫妻倆一直勸初江吃過晚飯再走。初江說老父親在家裡等著，不能不回去。她主動幫夫婦倆準備晚飯，之前給她準備的點心一口也沒吃。一直通紅著臉低著頭的初江，一到廚房就來了精神。她一邊切著海參，一邊哼著說是伯母教給她的、這個島上流傳的盂蘭盆節的伊勢舞曲：

要是被順風騙了，唉吆喂，
就是裝了萬斗米的船，
西邊天陰下起雨，
東邊天陰刮來風，
啊，媽媽，這可辦不到，
一定別想回來嘍。
都給你拿去當嫁妝，
衣櫥、衣箱、旅行箱，
……

出了海也會回來。

……

「唉，這不是我來了島上三年也沒學會的歌嗎？初江已經會唱了呀。」太太說道。

「因為這歌和老崎的歌很像啊。」初江說。

這時候昏暗的門外響起了足音，從暗處傳來了一聲「您好！」

燈塔長太太把頭探出廚房門外。

「這不是新治嗎？……哎呀，你又拿魚來了，太謝謝了。孩子他爸，久保又送魚來了！」

「總讓你費心，謝謝。」燈塔長坐在圍爐邊說道，「快上來，新治。」

就在這忙亂之中，新治和初江交換了眼神。新治微笑了，初江也微笑了。可是兩人的微笑被突然轉過頭的燈塔長太太看在了眼裡。

「你們倆認識啊？嗯，是啊，村子這麼小。這就更好了，新治，快上來吧……東京的千代子來信了，特意問到新治還好嗎？千代子是不是喜歡新治呢？馬上放春假她就回來了，到時候一定來玩啊。」

這一句話，給想進屋放鬆一下的新治潑了一盆冷水。初江將目光轉向洗菜池，再也沒回頭看一眼。年輕人在傍晚的黑暗中退卻了，任憑別人怎麼勸說也不進屋，遠遠地行了個禮，然後就轉身走了。

「新治真是害羞呢，孩子他爸。」

太太一直笑著說道，那笑聲獨自迴盪在屋子裡。燈塔長和初江都沒有回應。

新治在女人坡的轉角處等著初江。

剛轉過彎，燈塔四周的暮色就變成了夕陽餘暉的光線。松樹的黑影層層疊疊，眼下的大海蕩漾著一天裡最後的波光。今天刮起了今年最初的東風，在大海上肆虐了整整一天，即使到了傍晚，這風也沒有刺痛皮膚。轉過女人坡，連那風也死寂了，只看得見薄暮沉靜的光芒，從雲間淌落下來。

歌島港對面，一個短短的海角，延伸到大海中間，那海角的前端斷斷續續，劈開幾塊岩石和白浪，高高聳立著。海角那一帶特別明亮，頂上屹立著一棵沐浴夕陽的紅松，清清楚楚地映在了視力超群的年輕人眼中。突然，那樹幹的光消失了。

接著，那松樹頂上的雲彩變黑，星星從東山邊際開始閃爍了。

新治把耳朵貼在了岩石角上，聽著細碎的腳步聲走下燈塔長官舍門口的石階，朝著這邊走來。他本想開個玩笑，躲在岩石後面嚇唬一下初江。但是，隨著那可愛的腳步聲越來越近，他又怕嚇著女孩，反倒為了告知她自己在這裡，故意用口哨吹起了剛才初江唱過的伊勢舞曲的一節：

……

東邊天陰刮來風，

西邊天陰下起雨，

就是裝了萬斗米的船，

……

初江繞過了女人坡，好像並沒有發覺新治在那裡，又邁著同樣的步伐走過他身邊。新治從後面追了上來。

「喂——喂——」

少女還是不回頭。新治沒辦法，只能默默地跟在少女後面走著。

道路被松林包圍，黑暗而險峻。少女用一支小小的手電筒照著前路，步子放慢，不知不覺中被新治超過了。伴隨一聲輕呼，手電筒的光照像飛起來的鳥一樣，突然從松樹樹幹飛上了樹梢。年輕人敏捷地回過頭，將摔倒的少女抱了起來。

雖然是出於外部原因，但從剛才起就埋伏等待、吹口哨，還一路跟蹤，年輕人感覺自己就像不良少年，心裡多少有些忸怩不安。因此，他把初江扶起來時，沒有重溫昨天的愛撫，而是像哥哥一樣幫少女撣去了和服上的泥。一半是沙的泥土很乾燥，一下子就掉了，幸好少女看起來沒有受傷。其間，少女帶著孩子氣，將手搭在年輕人寬厚的肩膀上一動不動。

初江尋找從手中掉落的手電筒，發現它橫躺在兩人背後的地面上，發著扇形的淡淡的光。那光束裡鋪滿了厚厚的松針，島上深深的暮色籠罩著這一點微光。

「在這裡。摔倒的時候，它飛到了後面吧。」少女快活地笑著說。

「你剛才生什麼氣啊？」新治認真地問道。

「千代子的事啊。」

「傻瓜。」

「真的沒什麼嗎？」

「沒什麼。」

兩人並肩走起來，拿著手電筒的新治像在海裡導航一樣，一一告訴初江難走的地方。因為沒有話題，一向寡言的新治就絮絮叨叨地說了起來：

「我想什麼時候用工作賺來的錢買一艘機帆船，和弟弟兩個人運輸紀州的木材和九州的煤炭，這樣就能讓媽媽輕鬆一些了。等到年紀大了，我也會回島上安享晚年。不管到什麼地方航海，我都忘不了我們這個島，我們島的景色是日本第一呢——歌島上的人都這麼相信。還有就是，大家都在共同努力，讓島上的生活比哪裡都安穩、比哪裡都幸福。如果不這樣的話，誰都不願回想起這個島了吧。無論什麼時世，那些壞風氣在來這個島之前就會消失。大海會把這個島需要的誠實善良送到島上，保護島上存留的誠實善良。並且，在這個連一個小偷都沒有的島上，一群男子漢永遠保持著真心和老老實實吃苦耐勞的決心，有著表裡如一的愛和勇氣，沒有絲毫怯懦，就在這裡生活。」

當然他的話沒有寫出來這樣邏輯清晰、嚴絲合縫，說的時候也有點前言不搭後語、斷斷續續，可是年輕人一反常態變得能言善辯，一下子給少女說了這麼多話。

初江沒有回答，只是一一點頭——這絕不是感到無聊和厭倦，她表情裡洋溢著真誠的共鳴和信賴，讓新治很開心。在這麼一場認真對話的最後，年輕人不想被少女認為自己不認真，故意把向海神祈禱時最後、最重要的那句話省略了。此時兩人之間已經沒有了任何阻隔，道路被樹林深深的黑影覆蓋，但這次新治沒有想去握住初江的手，更沒有想去親吻她。昨夜在暮色中海灘上發生的事情，簡直就像不是發乎他們的意志，而是一種外界力量推動的出乎意料的偶然事件。為什麼能發生那種事，真是不可思議。他們總算約好，下一個休漁日的下午在崗哨見面。

經過八代神社後面時，先是初江發出了一聲小小的驚歎站住了，然後新治也站住了。

村子裡全都亮起了明亮的電燈——這簡直像無聲的盛大祭典的開始。和之前昏暗的煤油燈迥然不同，所有的窗戶都閃耀著明亮和實際的光。村子如同從黑暗中復活，浮現了出來。是長久以來故障的發電機修好了。

進入村子之前，兩人道別了，初江在闊別已久的室外光線的照明下，一個人下了臺階。

## 第七章

# 千代子

新治的弟弟小宏修學旅行的日子到來了，是去京都大阪地區六天五夜的旅行。此前從來沒有離開過歌島的少年，馬上就要去外面看看廣闊的世界了。之前在修學旅行時去到內地的小學生，第一次看到載客馬車，瞪圓了眼睛大叫道：「哇，一隻大狗拉著茅房在跑呢！」

島上的孩子，因為看不到實物，只能透過課本上的圖畫和說明來學習概念。在想像中描繪有軌電車、高樓大廈、電影院和地鐵等事物的樣子，該有多麼困難啊。可是一旦接觸到實物，新鮮的驚訝過去以後，他們就清楚地感覺到概念的無用了。在島上度過的漫長的生涯裡，他們連想都不會想起現在正在都市的馬路上喧鬧來往的電車。

一到修學旅行，八代神社的護身符就賣得格外好。孩子要去連自己都沒見過的大城市旅行，母親都把這看成是生死攸關的大冒險。其實死亡和危險一直隱藏在他們的日常勞動中，隱藏在圍繞著他們的大海裡。

小宏的母親破費買了兩個雞蛋，做了一個鹹得要命的玉子燒便當。她把牛奶糖和水果什麼的都藏進了書包的深處，不花點力氣很難找到。

只有在這一天，聯絡船神風丸破例在下午一點鐘從歌島出發了。這艘不到二十噸的小型蒸汽船有個頑固老練的船長，特別討厭破例。但是這次他自己的孩子也去參加修學旅行。他得知如果船太早到達鳥羽，等待火車的時間太長，孩子就會去花錢買東西，所以從這一年開始，他才不太情願地答應了學校的這個請求。

神風丸的船艙內和甲板上，到處都是將水壺和書包交叉掛在胸前的小學生。帶領他們的老師，對擠滿了埠頭的媽媽心懷畏懼。在歌島村，媽媽的意志左右著老師的地位。有個老師因被那些媽媽說成是共產黨而被逐出歌島；有個受歡迎的老師，明明和一個女老師有了私生子，卻升任了代理教務長。

這真是一個溫暖和煦的春日下午。船緩緩地開出時，所有的媽媽都大聲呼喚著自家孩子的名字。戴著繫帶帽子的小學生，等到對方看不清自己的臉時，朝著港口一起惡作劇地大喊「傻瓜」、「哎——笨蛋」、「廢物」。滿載著黑色制服的船，帶著徽章和金色扣子的光彩遠去了。家中即使在白天都顯得黑暗沉寂，小宏的母親在鋪席上一坐下來，就想到不久以後兩個兒子都會丟下自己去往大海，不禁哭了起來。

把學生放到珍珠島旁的鳥羽港的岸邊後，神風丸恢復了平常優閒而土氣的樣子，開始做回歌島的準備了。蒸汽機的老舊煙囪上套著水桶，吊在船頭內側和棧橋上的大魚籠，映出海水的反光。倉庫的灰底上用白漆大寫著「冰」字，臨海佇立著。

燈塔長的女兒千代子拎著一個波士頓包，站在埠頭的邊上。這個不喜歡和人打交道的女孩即將回到久違的歌島，她討厭島上的人向她打招呼。

千代子素面朝天，一身樸素的深茶色套裝更使她泯然於眾人。那張臉膚色深暗，線條粗獷而明朗，但也可能會有人因此而動心。但即便如此，千代子還是一副陰暗的表情，固執地認為自己一點也不美。而今，這就是她在東京的大學學到的最顯著的「教養」成果。然而，把這樣平常的相貌認為是如此之醜，也許和把這相貌當作絕世美人一樣，都是一種不自量力吧。

千代子那老好人父親，無意中又加深了她這種陰暗的確信。女兒總直白地流露出自己因遺傳了父親醜陋的相貌而悲傷的情緒，所以直率的燈塔長曾不顧女兒就在隔壁房間，就對著客人大加抱怨：

「哎呀真是的，青春期的女兒因為長得醜而苦惱，這也是因為我這個父親相貌醜陋，所以我是有責任的。但這也是命呀。」

千代子被人拍了肩膀，回過頭來。川本安夫笑著站在那裡，皮革上衣閃閃發光。

「歡迎回家。是春假吧？」

「是的，昨天剛考完試。」

「是回來找媽媽撒嬌的吧？」

安夫接受父命，前一天去了津市的縣廳談合作社的事情，在鳥羽親戚經營的旅館裡住了一夜，現在正要坐神風丸回歌島。他很擅長用標準語和東京的女大學生搭訕。

千代子從這個同齡的世故少年的動作裡，感到了一種自以為「這個女人對我有意思」的男人的快活。這種感覺，使她越發畏縮了。「又來了。」她想。也受在東京看過的電影和小說的影響，她想看一次說「我愛你」的男人的眼睛，哪怕只有一次。可是她從一開始就斷定，自己是一生都不可能看到的。

從神風丸那邊傳來了渾濁粗俗的大嗓門的喊聲：

「喂——坐墊還沒拿來呢，快去看看——」

不久，一個男人肩上扛著一個唐草花紋的大坐墊包，從碼頭岸上走了過來，包裹的一半浸在倉庫的影子裡。

「已經是出港的時候了。」安夫說道。

他拉著千代子的手，從岸邊跳上了船。千代子感到他那鐵一般的手掌和東京男子的手掌不同。可是，從這隻手掌，千代子又想像著從來沒有握過的新治的手掌。

他倆從小小的天窗式入口望進去，昏暗的船艙內，躺在鋪席上的人映入了眼簾。他們脖子上纏著的白毛巾、眼鏡偶爾反射的光，在他倆習慣了室外光線的眼睛中，顯得更加暗沉。

「還是甲板上好。雖然稍微有點冷，還是那裡好。」

安夫和千代子避開風，靠著瞭望塔後面捲起的繩子坐了下來。態度冷淡的年輕船長助手過來說：「喂，能稍微抬一下屁股嗎？」然後從兩人身下拉出了一塊板子。原來他倆坐在了遮擋船艙入口的蓋板上了。

船長站在油漆剝落起刺、半露出木頭紋理的瞭望塔上敲響了鐘。神風丸出發了。

兩人任由身體隨著老舊發動機的震動搖擺，眺望著漸漸遠離的鳥羽港。安夫曾想給千代子透露昨夜悄悄買春的事，但一想還是作罷了。如果是普通的農漁兼營的村子，安夫諳熟女人的事無疑會成為值得吹噓的資本。可是在與世無爭的清淨歌島，他選擇了緘默——如此年輕就裝出了一副偽善者的面孔。

千代子在心中默默地打賭海鷗能否有飛越鳥羽站前纜車鐵塔的瞬間。畏首畏尾的她，在東京從未體驗過任何冒險，因此每次回到島上時，就祈願能在自己身上發生使這個世界為之一變的大事。船離開鳥羽越遠，她就越覺得無論海鷗飛得多麼低，看起來都很容易越過那遙遠渺小的鐵塔。但鐵塔還是高聳著。千代子將紅色皮革錶鏈的手錶秒針貼近了眼睛。「這之後三十秒內，如果海鷗能飛越鐵塔，就會有好事等著我。」——五秒過去了，一直追著船飛來的一隻海鷗，突然間振翅高飛，雙翼越過了鐵塔。

趁著自己的微笑還沒使對方覺得驚訝，千代子搶先開口了：「島上最近有什麼事嗎？」

船沿著坂手島的右側前行著。安夫將快燒到嘴唇的菸頭摁滅在甲板上開口了：「也沒什麼特別的……對了，直到十天前，村裡的發電機都是壞的，整個村子都用油燈，現在已經修好了。」

「媽媽的信裡這麼寫了。」

「是嗎？別的可以稱得上是新聞的嘛……」

他在春光滿溢的海面的反光中眺起了雙眼。十公尺之外，海上保安廳純白色的鵯島丸朝著鳥羽港駛去了。

「對了，宮田家照老爺把女兒叫回來了。她叫初江，是個大美女。」

「是嗎？」

聽到「美女」這個詞，千代子臉色陰沉了下來。光是這一個詞，聽起來就像是對自己的非難一般。

「照老爺對我很滿意。我又是家中老二，村裡都說我要成為初江的入贅女婿了。」

神風丸不久來到了一片中間海域，右側是菅島，左側是巨大的答志島。駛出這片被兩個島圍繞著的海域時，無論多麼靜好的天氣，也會有洶湧的波濤把船打得嘎嘎作響。從這裡開始，經常會看見鸕鷀在波浪間游泳。不久就看到大洋之中岩石群立的沖之瀨。一看到這個，安夫就皺著眉頭把視線移開了——這是歌島唯一的屈辱記憶，自古以來年輕人流血爭奪的沖之瀨漁業權，如今歸屬了答志島。

千代子和安夫站了起來，目光越過低矮的瞭望塔，等待著海面上出現歌島身影。歌島照例從那一條水平線上，影影綽綽地顯出了神祕的頭盔一樣的身姿。船隨著波浪傾斜，那頭盔也隨之傾斜了。

第八章

# 暴風雨中的幽會

休漁的日子怎麼也不來。小宏出去修學旅行的第二天，島上終於襲來了強制休漁的暴風雨。稀疏的櫻花花蕾剛剛綻放，就在這場暴風雨裡被吹打得乾乾淨淨。

前一天，不合時節的潮溼的風纏著船帆，不可思議的晚霞映紅了天空。大海咆哮，濤聲逼人，海蟑螂和甲殼蟲都爭相爬上了高處。夾雜著雨點的強風從半夜開始吹，像悲鳴又像笛子一般的風雨聲，從海上、天空中傳了過來。

新治在被子裡聽著那聲音，只聽風聲，就知道今天要休漁了。而且，今天也不能修理漁具、結漁網，青年會的捕鼠工作也無法進行了吧。

心地善良的兒子不想驚醒還在旁邊熟睡的母親，就躺在被窩裡一直等待窗戶發白。屋子劇烈地搖晃，窗戶也嘩嘩作響。外面傳來了白錫鐵板倒地的喧囂聲音。歌島的房屋，無論是大房子還是像新治家這種小平房，結構都一樣：入口玄關的左側是廁所，右側是廚房。在暴風雨的肆虐下，靜靜地飄蕩著的只有在拂曉微暗中支配著整個房子的唯一氣味——那灰暗、陰冷、冥想般的廁所的氣味。

面向隔壁家倉庫牆壁的窗戶遲遲地發白了。他抬頭看著被暴風吹到屋簷下，沿著玻璃窗嘩嘩流下來的大雨。就在剛剛，他還在憎恨奪去了勞動的快樂和收入的休漁日，可是現在又覺得這是個美好的休息日了——不是用藍天、國旗和閃閃的金色珠子裝飾的休息日，而是用暴風雨、怒濤和橫掃過樹梢的風聲裝飾的休息日。

年輕人等不及了，從被窩裡跳起來，穿上了到處是破洞的黑色圓領毛衣和褲子。過了一會兒，醒來的母親看到窗前熹微中站著一個男人的黑影，大叫起來：

「啊呀，是誰？」

「是我呀。」

「你可別嚇我。今天這麼大風浪，你還要出海嗎？」

「今天休漁啊。」

「休漁的話，你再睡一下多好。什麼呀，還以為是外人呢。」

母親醒來的最初印象是對的——兒子看起來的確就像個不認識的人。平時很少說話的新治，現在卻大聲唱歌，把身體掛在門梁上模仿體操動作。

母親訓斥他說這樣會把房子弄壞的。

「外面大風大浪，家裡也要起風浪嗎？」她不明就裡地抱怨。

新治好幾次站起來去看被熏黑的掛鐘。他從來不會懷疑的心，絲毫沒有懷疑女子是否能冒著暴風雨赴約。年輕人的心缺乏想像力，所以無論是不安還是喜悅，他並不知道可以用想像的力量使它們擴大和增加，以消磨掉這憂鬱的時光。

實在無法忍受等待之苦，他披上橡膠雨衣去了海邊。因為他覺得只有大海才能夠回應他無言的對話。洶湧的海浪高高地越過防波堤，發出巨大的轟鳴後又潰退了。因為昨夜的暴風雨特別預警，所有的船都被拉到了比平時更高的位置。而波浪襲來的地方意外地逼近這裡，巨浪退去時，港口內部的水面形成急斜坡倒流回去，幾乎可以看到底部。波濤的泡沫和雨水一起打在了新治的臉上，沿著燥熱的臉龐上的鼻梁流了下來，那強烈的鹹腥味，讓他想起了初江嘴唇的味道。

雲飛速地流動，灰暗的天空中也有了慌亂的明來暗往。有時像是晴天的預兆一般，天空深處出現一朵含著不透明光彩的雲，但是馬上就會被吹散。新治被天空吸引了注意力，波浪湧上來，把新治木屐的繫帶打溼了。他發現腳下有一個美麗的粉色小貝殼，可能是剛才的波浪帶來的。撿起來一看，貝殼非常完整，連那纖細的薄邊都沒有任何損壞。年輕人想把它作為禮物，小心翼翼地裝進了口袋。

吃完午飯，他馬上做好了出門的準備。母親一邊洗著碗筷，一邊盯著這個要在暴風雨天氣出門的兒子。她終究沒敢問他的去向，因為兒子的背影裡有著不讓她問的力量。她後悔沒有生一個可以一直在家幫自己做家務的女孩。

男人出海打魚，乘著機帆船去往各個港口運送貨物。女人和這個廣闊的世界無緣，在家做飯、打水、撈取海藻，夏天來臨就潛入深海底做海女。海女當中也算是老手的母親，深知幽暗的海底世界是女人的世界。白天也陰暗的家、黑暗中分娩的痛苦、海底的幽暗，這些是一連串互相親近的世界。

母親想起了前年夏天發生的一件事：一個和自己一樣的寡婦，身體虛弱，還有個吃奶的孩子，有一天從海底捕了鮑魚上來，在烤火的時候突然暈倒了。她翻著白眼、嘴唇青紫地倒在地上。在黃昏的松林裡焚燒她的屍體時，因太過悲傷而無法站立的海女，都蹲在地上哭了。

奇怪的流言傳開了，說死去的女人是在海底看到了不該看的可怕東西，遭到報應而死的。由此，有的海女不敢潛水了。

新治的母親對這傳言報以冷笑，越發潛向更深的海，得到了比誰都多的收穫。因為她絕不會為未知的事情心煩。

……她沒有被這回憶所傷害，而是帶著與生俱來的樂觀，為自己的健康驕傲，和兒子一樣因為戶外的暴風雨而心情愉快。刷完了碗，在嘎嘎作響的窗戶的微光下，她掀起了衣裙下襬，仔細地看著露出來的大腿。被太陽曬黑的豐滿大腿沒有一絲皺紋，那豐盈結實的肌肉散發著琥珀般的光澤。

「這樣的話，還能再生三、五個呢。」

這麼一想，貞潔的心頓時感到一陣畏懼，她連忙整理好衣服，拜了拜亡夫的牌位。

年輕人登上了通往燈塔的坡道，雨水奔流，洗刷著他的腳下，松梢發出低吟。橡膠長靴走起來很慢。他沒打傘，雨水順著他平頭下的皮膚流下來，一直流到領口裡面。但是年輕人用臉迎著暴風雨攀登，不是和暴風雨對抗，而是如同他平靜的幸福正好在與平靜的大自然的關聯中得到確認一樣。現在他內心的狂躁，也讓他覺得與這大自然的狂躁有種難以言表的親近感。

從松林間俯瞰大海，眾多白浪像是踢腿一樣前進著。連海角頂端高處的岩石，也常常被波浪覆蓋。

轉過女人坡，就看到了關上所有窗戶、拉下帷帳、在暴風雨中曲著身子的燈塔長官舍的平房。新治登上了通往燈塔的石階。關得緊緊的值班小屋裡，今天也沒見到燈塔員的影子。被四濺的雨花打溼的玻璃窗裡，有朝著緊閉的窗子呆然而立的望遠鏡，有被從縫隙吹進的風刮亂的桌上的資料，有菸斗，有海上保安廳的制服帽，有俗豔地畫著新造船的船舶公司的掛曆，有掛在柱子上的鐘，有隨意掛在柱子釘子上的兩個大三角尺……

來到崗哨時，年輕人連貼身的內衣都溼透了。這個寂靜無人的地方，暴風雨也來得更加激烈。這裡靠近小島的最高處，四周全無遮攔，可以看見暴風雨在天空中盡情肆虐。

廢墟三面都洞開著大窗戶，完全不能遮擋風雨，反而像是在將風雨引入室內，任其亂舞。從二樓的窗戶望出去是廣闊的太平洋，雖然視野因烏雲低垂變得狹窄，但整片大海白浪洶湧，大海四周和烏雲相鄰的界線模糊，反而令人遐想那無限的驚濤駭浪。

新治走下了外側的石階，來到了之前幫母親取柴火的一樓。這裡倒是很適合躲避風雨。這兒原來好像是被當作倉庫的，有兩三扇很小的窗戶，只是其中一扇的玻璃破損了。之前堆成小山的成捆松枝看起來都已經被各家取走，只有角落裡還剩著四、五捆。

「這裡簡直像牢房呀。」聞著微微的霉味，新治想道。一旦避開了風雨，他立刻感到了渾身溼透的寒冷，年輕人打了個大大的噴嚏。

他脫下雨衣，從褲子口袋裡尋找火柴。船上生活養成的小心謹慎的習慣，教會他出門就要隨身攜帶火柴。手指碰到火柴前，先碰到了早晨在海灘上撿到的貝殼。他把貝殼掏出來，迎著窗戶的光線一看，粉色的貝殼就像還浸在潮水裡那樣，發出潤澤的光彩。年輕人非常滿足，又把它藏進了口袋。

濡溼的火柴很難擦著。他拆開一捆柴火，在混凝土的地面上堆起枯松針和樹枝，劃著了火柴。等到小小的火苗終於閃閃地燃燒時，屋裡已經充滿了煙。

年輕人在火焰旁邊抱膝而坐。之後就是等待了。

——他等待著，沒有絲毫不安。他身上穿的黑色毛衣到處都是破洞，為了打發時間，他把手指伸進去撐開那些洞玩。年輕人在徐徐溫暖起來的身體和戶外的風雨聲裡有些恍惚，沉浸在一種深信不疑的忠實本身給予的幸福感中。想像力的缺乏沒有困擾他。於是在等待的時候，他把頭放在膝蓋上睡著了。

……新治一醒過來，就看見還在熊熊燃燒的火焰。火焰的對面，站著一個陌生的朦朧影子。新治以為是在做夢。一位裸身的少女低頭站著，把白色內衣放在火上烤。她兩手低低地捧著內衣，上半身一絲不掛。

在確定了不是夢之後，新治動了點小心思，決定仍然裝作睡著的樣子，眼睛偷偷張開了一條細縫。但是初江的身體實在太美了，對於一動不動地看著的新治來說，簡直是一種折磨。

出於海女的習慣，初江對脫了衣服烤火這件事沒有絲毫躊躇。來到約定地點時，這裡已經有火了，男子在睡覺。所以她當時閃過了有點孩子氣的想法，打算趁男人睡覺的時候把淋溼的衣服和身體趕緊烤乾。也就是說，初江並沒有要在男人面前裸露身體的意識，只不過是在火前脫了上衣而已。

如果新治有過許多女性經驗的話，就會在被暴風雨包圍的廢墟之中，識出站在火焰對面的初江裸體是千真萬確的處女之身吧。她的皮膚雖然絕對稱不上白皙，但由於潮水的不斷沖刷而光滑緊實，一對堅挺的小乳房就像彼此害羞而背著臉，在能夠經受長時間潛水的寬闊的胸前，綻開了一雙薔薇色的蓓蕾。新治因為怕被發覺，眼睛只能稍稍睜開一線，凝望著初江。那身姿保持著模糊的輪廓，透過高及天花板的火焰，在火光裡搖盪著。

但是年輕人不經意間眨眼了。一瞬間，火光在他臉頰上投下了誇張的睫毛的影子。少女連忙抓過還沒乾透的白色內衣捂住胸口，大叫道：「別睜眼！」

誠實的年輕人馬上緊緊地閉上了眼。他想，裝作睡著的樣子的確不好，但醒過來也不是自己的過錯。於是他從這個光明正大的理由裡得到了勇氣，再次把黑色的漂亮眼睛大大地睜開了。

少女完全失去了主張，也不打算穿內衣了。她又一次用尖銳且清脆的聲音叫了起來：「別睜眼！」

但是，年輕人已經不想再閉上眼睛了。從小就看慣村裡海女裸體的他，還是第一次看到所愛之人的裸體。而且他不明白為什麼只是裸體，就在他和初江之間生起了阻隔，連日常的打招呼和親密的接近都變得困難了。他帶著少年的直率站起身來。

年輕人和少女隔著火焰站著。年輕人稍微往右移動身體，少女也稍微往右躲開。於是篝火就一直擋在兩個人的面前。

「你躲什麼啊！」

「人家不好意思嘛！」

年輕人也沒說「那你穿上衣服不就行了」，因為他還想再多看一眼少女的身體，但不知道怎麼說下去，就問了個孩子氣的問題：

「怎樣你才能不害羞啊？」

少女的回答非常天真，簡直令人吃驚：

「你也脫了衣服，這樣我就不害羞了。」

新治十分困惑，但一瞬的猶豫之後，他默默地脫起了圓領毛衣。年輕人擔心少女會不會在他脫衣服的時候逃走，於是就連脫了一半的毛衣劃過眼前的那一瞬間，他也沒有大意。飛快地扔掉脫下的衣服之後，站在那裡的是一個只穿了兜襠布，卻比穿著衣服時健美得多的年輕人的裸體。但是新治的心熱切地朝向初江，等他好不容易感到羞恥時，已經是下一個問答之後。

「已經不害羞了吧？」

因為他就像質問一樣急切地追問，少女也沒有意識到那語言的可怕，而是找到了出乎意料的託詞：

「不。」

「為什麼？」

「因為你還沒脫光呀。」

被火光照耀的年輕人的身體因為羞恥變得通紅，他欲言又止。新治往前逼近，腳趾頭幾乎都踏進了火裡。他盯著在火光中搖曳著的少女的白色內衣，好不容易開口了：「你把那個拿走我就脫。」

此時，初江禁不住微笑了。這微笑究竟意味著什麼，新治和初江自己都不知道。少女一下子把從胸前覆蓋到下半身的內衣扔到背後。年輕人見狀，像雕像般慷慨而立，盯著少女在火焰中閃閃發光的眼睛，解開了兜襠布的帶子。

這時暴風雨突然堵在了窗外。之前風雨都是以同樣的強度圍繞著廢墟肆虐，而在這個瞬間一下子出現在了眼前。高高的窗子下面就是太平洋，緩緩地晃動著持續的狂躁。

少女退後了兩三步。沒有出口，熏黑的混凝土牆壁碰到了少女的背部。

「初江！」年輕人喊道。

「快從火上跳過來！從火上跳過來！」少女急切地用她清脆有彈性的聲音說道。

全裸的年輕人沒有猶豫。他腳趾一使勁，映著火光的肉體一下子躍入火中，下一個瞬間就來到了少女的跟前。他的胸脯輕輕地觸碰了少女的乳房。「就是這個彈力。之前我想像過的紅色毛衣下面就是這個彈力。」年輕人感動極了，如此想道。兩人抱在了一起，少女首先軟軟地倒了下來。

「松針刺得好痛。」少女說。

年輕人伸手拿來白色的內衣，想鋪在少女背後，少女拒絕了。初江的兩手已經不再抱著年輕人。她縮起雙膝，兩手團起了內衣，就像小孩在草叢中捉蟲子時的樣子，以那種姿勢頑固地守護著身體。

之後初江說出的，是帶有道德意味的話語：

「不要，不要……沒出嫁的女孩不能這麼做。」

受到打擊的年輕人無力地說道：「怎樣都不行嗎？」

「不行——」少女閉著眼，就像訓誡，又像安撫一般，一連串地說了出來，「現在不行。我已經決定嫁給你了。在成為新娘之前，無論如何都不行。」

新治的心裡對於道德也有一種盲目的虔誠。最重要的是，他還不知道女人的滋味，所以這時感到似乎觸摸到了女人這種存在的道德核心。他沒有再強要。

年輕人的手臂環抱著少女的身體，兩人互相傾聽著對方赤裸的心跳。長長的接吻折磨著沒有得到滿足的年輕人。從某個瞬間開始，這種痛苦變成了不可思議的幸福感。火勢減弱的篝火時不時地跳蕩，兩人聽著那聲音，還有掠過高窗的暴風雨的呼嘯，混雜著彼此心跳的聲音。新治感到了一種永久無盡的沉醉，和屋外潮水的轟鳴、晃動樹梢的風聲一起，在大自然同樣的高音訊中呼吸起伏。這種感情是永恆的純潔的幸福。

年輕人抽離了身子，然後用男子漢氣概的沉著聲音說道：「今天在海灘上撿了個貝殼，想著送給你，就拿來了。」

「謝謝，給我看看吧。」

新治回到扔在地上的衣服那裡。在新治開始穿衣服的時候，少女也開始平靜地穿上了內衣，整理好了服裝，過程非常自然。

年輕人把美麗的貝殼拿到穿好衣服的少女身旁。

「啊，太美了。」少女讓火光映在貝殼表面欣賞，然後把它插到自己的頭髮上，說：「就像珊瑚一樣啊。能做成插梳吧。」

新治坐在地板上，靠在少女的肩頭。因為穿著衣服，兩個人很輕鬆地接吻了。

……回去的路上，暴風雨依然沒有停止。因為擔心燈塔的人看見，新治沒有按照兩人之前的習慣，走通向燈塔前的岔路。他護送著初江，沿著稍微好走一點的路下山，來到燈塔後面。兩人互相依偎著，迎著從燈塔方向吹過來的風，走下了石階。

千代子回到島上的父母身邊，從第二天開始就苦於無聊了。新治也不來。在那個禮儀習慣的例行集會上，村子裡的女孩子都來了。當她知道裡面的生面孔就是安夫說的初江時，千代子覺得初江那樸實的臉比島上人說的更美。這就是千代子不可思議的優點：多少有點自信的女子，總愛細數其他女人的缺點，千代子卻比男子都直率，承認除了自己以外的女子所有種類的美。

千代子無所事事，便開始學習英國文學史。她像背經文一樣記住了克莉絲蒂娜．喬治娜、阿德萊德．安妮．普雷克特、簡．英格潘、奧古斯塔．韋伯斯特、愛麗絲．梅內爾夫人等維多利亞時代女詩人的名字——儘管她完全沒有讀過她們的作品。千代子很擅長死記硬背，連老師打個噴嚏都會記在筆記本上。

旁邊的母親拚命從女兒那裡學習新的知識。雖說去大學原本就是千代子自己的志願，但父親有些猶豫，是母親積極推進。從燈塔到燈塔、從孤島到孤島的生活激起了她對知識的渴望，這渴望一直以來在她的生活中描畫出夢想，所以母親並沒有注意到女兒內心那小小的不幸。

暴風雨那天，因為從前一夜就開始刮強風，燈塔長出於責任感整晚都沒有休息。母親和女兒也陪著他一夜未眠，所以全家在早晨睡覺，難得一次把早飯和午飯一起吃了。收拾好以後，三人被暴風雨關在家裡，安靜地度過了一天。

千代子懷念起東京了，懷念起即便是這樣的風雨天，汽車也照常奔馳、電梯如常升降、電車依舊擁擠的東京。在那裡，大自然被暫時地征服了，大自然的餘威是敵人。然而在這個島上，居民都把大自然當成自己的同盟，和大自然站在一起。

千代子學累了，把臉貼在玻璃窗上，眺望著把自己關在屋內的暴風雨。暴風雨很單調，波濤的轟鳴像醉漢不斷重複的醉話。不知為何，千代子想起了一個被所愛男子性侵的同學的傳言。那個同學曾經到處吹噓男友的溫柔和優雅，但是自那個夜晚之後，她愛上了同一個男人的暴力和自私，無論對誰，都再也不開口了。

……那時，千代子看到新治和初江互相依偎，走下了風吹雨打的石階。

千代子一直相信自己的臉是醜陋的，並對這臉的效用深信不疑。這個念頭一旦生根，便能比美女的臉更加巧妙地偽裝感情。篤信自己醜陋，是這個處女篤信的石膏。

她把臉從窗戶轉回屋內。母親正在地爐旁邊做針線活，父親默默地抽著新生牌香菸。屋外有暴風雨，屋裡有家庭。誰也沒有注意到千代子的不幸。

千代子又對著書桌打開了英語書，不知道語言的意思，只看到印刷字體連綿不斷。字裡行間，高飛低回的鳥的幻影刺痛了她的眼睛。「那是海鷗，」千代子想，

「回歌島的時候，打賭海鷗飛越烏羽鐵塔做的那個小小的占卜，原來就是預示著這件事啊。」

# 第九章 妒火

小宏從旅途中寄來了快件。如果是普通信件，也許本人會比信件到得更早，所以他就在京都清水寺的繪圖明信片上蓋了一個大大的紫色觀光紀念章，用快件寄出了。母親還沒看就大發脾氣，嘮叨說快件太浪費了，現在的小孩不知道錢的珍貴。

小宏的明信片上沒寫任何關於名勝古蹟的事，只寫了第一次去電影院看電影：

在京都的第一晚，可以自由行動，我就和小宗、小勝三個人一起去了附近一個大電影院。裡面非常氣派，簡直就像宮殿。可是椅子很小，又硬，坐上去像鳥停在橫木上似的，屁股硌得生疼，一點都不舒服。過了一會兒，後面的人說「快坐下，快坐下」，但我們明明是坐著的嘛。我們都覺得很奇怪，結果後面的人特地教了我們怎麼坐。原來那是折疊椅，放下去才是椅子。三個人半天都弄不好，一直抓頭。放下去一坐，原來是軟綿綿的，像天皇坐的那樣的椅子，我也想讓媽媽坐一次這樣的椅子。

母親讓新治讀了這張明信片。聽到最後一句，母親哭了出來，然後把明信片放在佛壇上，祈禱前天的暴風雨沒有給正在旅行的小宏帶來任何妨礙，後天的歸途諸事平安，還硬要新治也一起祈禱。不久，她又突然想起來似的數落說：「哥哥讀書完全不行，弟弟的頭腦要好使得多。」頭腦好使，就是說能讓母親開心得哭泣。她趕緊拿了明信片去小宗、小勝的家裡，給他們家人看，之後又和新治去了公共澡堂。在蒸騰的熱氣中她碰見了郵局局長夫人，母親光著身子下跪表示感謝，感謝郵局這麼快把信件送到。

新治洗澡很快，站在澡堂門口等著母親從女澡堂裡出來。澡堂的屋簷上，彩色木雕的塗料已經剝落，水汽在屋簷處蒸騰圍繞。夜晚溫暖，大海寂靜。

新治看到一個站在那裡的男人背影。他抬頭看著前面四、五公尺遠的屋簷，兩手插在褲子口袋裡，用木屐拍打著腳下的石板。夜裡只能看到穿著褐色皮革工作服的背影。這個島上沒有幾個人有這樣高級的皮衣，那人肯定是安夫。

新治正要向他打招呼的時候，安夫恰好也回過頭來。新治露出了笑臉，安夫卻面無表情地盯著新治，又轉過身走了。

新治並沒有把朋友這令人不快的舉動放在心上，只是覺得奇怪。母親也從澡堂裡出來了，年輕人恢復了平常的沉默，和母親一起走上了回家的路。

前天的暴風雨過後，昨天的天氣晴朗。安夫出海一天回來之後，碰到千代子來訪。千代子說是和母親來村子買東西，順便過來一坐。母親去了附近的漁業合作社社長家裡，她就一個人來了安夫家。

安夫從千代子口中聽說的事情，把他輕薄的年輕人的驕傲碾得粉碎。他想了整晚。第二天晚上，新治認出他背影的時候，安夫正站在貫通村子中央的坡道邊的一間屋子前，看上面貼著的值日表。

歌島上淡水匱乏，正月裡更加乾旱，因此村裡人為了淡水爭吵不斷。沿著村子中央的石階小徑，有一條小河順坡而下，這條小河的源頭就是村裡唯一的淡水源。梅雨時節或暴雨之後，河水形成湍急的濁流，女人在河邊一邊大聲聊天一邊洗衣服，小孩拿著自己做的木軍艦舉行下水儀式。可是乾旱的季節，小河就變成時時斷流的乾涸水窪，甚至失去了推動纖毫塵芥流動的力量。這水源是泉潭，也許是傾注到小島頂端的雨水被過濾後彙集而成的。小島上沒有其他水源了。

於是，不知從何時開始，村公所規定了汲水的值班表，每週都會變動。汲水是女人的差事。只有燈塔是過濾雨水儲藏在水槽裡。為了給只靠泉水的村裡人分配淡水，必須有一家忍受深夜值班的不便。但是深夜值班的時間在幾週後就會輪到比較方便的黎明時分。

安夫抬頭看的，正是在村裡最熱鬧的地方張貼的那張值班表。深夜兩點的一欄寫著宮田——那是初江的輪班。

安夫咂了咂嘴。如果現在還是章魚漁期就好了，因為早晨可以稍微晚點出海。可是現在這個季節是烏賊漁期，必須在天亮之前到達伊良湖水道的漁場，無論誰家都是三點起床準備早飯，性急的人家三點前就開始做飯了。

即便如此，初江的當班時間不是之後的三點，就還算好。安夫發誓要在明天出海之前把初江占為己有。

一邊看著值班表一邊暗下決心時，他看見了站在男澡堂門前的新治。他心中充滿了仇恨，甚至連平常的風度也忘了。安夫疾步走回家，瞥了一眼客廳——父親和大哥一邊聽著收音機裡響徹家中的浪花謠曲，一邊還在喝酒——，便回到了二樓自己的房間。他漫不經心地抽起了菸。

根據安夫的常識，事情應該是這樣的：侵犯了初江的新治肯定不是處男了。總是在青年會上老老實實地抱著膝蓋，笑嘻嘻地傾聽大家意見的他，雖然一臉孩子氣，但實際上已經知道女人的滋味了。這個小狐狸！並且，安夫總覺得新治那張臉是表裡如一的，結果沒想到居然——這個想像讓他無法忍受——新治堂堂正正地、以無與倫比的直率侵犯了女子。

那天晚上，安夫為了不睡著，在被褥裡不停地擰自己的腿。但其實大可不必如此。對新治的憎恨、對搶得先機的新治的競爭心，已經使他完全不能入睡了。

安夫有一個在人前炫耀的夜光錶。那天晚上，他戴著這個錶，身穿外套和褲子悄悄地進了被窩。他不時把夜光錶放在耳朵上聽，還不時看一眼發著螢光的錶盤。只因為有這個錶，安夫就覺得自己擁有了博得女人歡心的資格。

深夜一點二十分，他溜出了家。靜夜裡濤聲高昂，月色皎潔，整個村子萬籟俱寂。埠頭上有一盞燈，中央坡道上有兩盞，山半腰的泉水處有一盞。除了和外部的聯絡船之外都是漁船，所以沒有點亮港口夜晚的桅杆燈，家家戶戶的燈火也都已熄滅。黑暗厚重的屋頂鱗次櫛比，使得夜晚看起來黑沉沉的。但這個漁村的屋頂都是用瓦片和泥炭鋪葺的，並沒有茅草房頂那種威嚇般的重量。

安夫腳穿不發出足音的運動鞋，快速地登上石板坡，穿過了被半開的櫻花樹林圍繞著的小學校園。這裡是最近才擴大的運動場，櫻花樹也都是從山裡移栽而來的。一棵櫻木幼苗被暴風雨吹倒，月光下，黑魆魆的樹幹橫在沙坑的旁邊。

安夫沿著河邊拾級而上，來到了水聲潺潺的泉潭旁。室外燈的光照出了泉潭的輪廓。清水從長滿青苔的岩石縫裡汩汩流出，流入放在下面的一個石槽中。清水漫過石槽邊，沿潤滑的青苔滿溢而出，看起來彷彿並不是流動的水，而是在那青苔上滿滿地塗了一層透明美麗的釉。

圍繞著泉水的樹林深處，貓頭鷹在鳴叫著。

安夫躲在室外燈的後面。一隻小鳥拍打著翅膀飛了起來。他靠在一棵榆樹的樹幹上，時刻盯著手腕上的夜光錶，等候著。

兩點稍稍過了一會兒，雙肩挑著水桶的初江出現在了小學校園裡，月亮鮮明地照出了她的身影。深夜的勞動對於女人來說並不輕鬆，但在歌島上無論貧富，男人和女人都要履行自己的責任。不過被海女的勞動鍛鍊出健康體魄的初江，完全不覺得這差事辛苦。一邊任空水桶前後搖擺，一邊爬上石階的初江，此刻如同對這種非正常時間的工作很感興趣的孩子一般，有些興高采烈。

等到初江在泉水旁邊彎下腰，安夫想馬上就飛奔過去，但又猶豫了。他決心忍到初江汲完水再說。他調整好姿勢，右手高攀著樹枝，身子一動不動，準備隨時跑出去。就這樣，他把自己想像成一座石像，看著初江在嘩嘩的水聲中用水桶汲水。他從她那雙有點皴裂的紅色大手上，空想著女人健碩水靈的身體，心中充滿了快樂。

在安夫攀著樹枝的手腕上，他引以為豪的夜光錶發著螢光，微弱而準確地走著。樹枝上有一個建了一半的蜂巢，走秒聲驚醒了裡面睡覺的蜜蜂，似乎引起了牠們極大的興趣。一隻蜜蜂戰戰兢兢地飛落在錶盤上。然而這隻發著微光、按照規律發出叫聲的不可思議的甲蟲，身穿冰冷易滑的玻璃鎧甲，令蜜蜂的期待落空了。於是蜜蜂就將刺針移到了安夫手腕的皮膚上，使出渾身力氣狠狠地刺了下去。

安夫大聲慘叫，初江急忙把頭轉了過去。初江根本沒有發出尖叫。她飛快地取下扁擔上的繩子，把扁擔斜過來拿在手裡，做好了迎戰的準備。

安夫出現在初江的面前，自己都覺得狼狽不堪。少女保持姿勢後退了一兩步。安夫可能覺得現在裝作開玩笑比較好，就像個傻瓜一樣笑了起來。接著，他開口了：「哎呀，你嚇了一跳吧。是不是以為有妖怪啊？」

「什麼呀。原來是安夫哥啊。」

「我想嚇一嚇你，就躲起來了。」

「你怎麼這個時候在這裡啊？」

少女還不太清楚自己的魅力。如果仔細想想的話可能也會明白，但那時她覺得安夫就是為了嚇唬自己才藏在那裡的。就在初江這麼想著、一不留神的時候，她手中的扁擔突然被安夫奪走，右手腕也被他抓住了。安夫的皮夾克咯咯作響。

安夫終於找回了威嚴，瞪著初江的眼睛。安夫以為自己是在沉著冷靜、堂堂正正地說服女人，其實是在模仿想像中的新治在這種場合堂堂正正的樣子。

「聽好了，你要是不聽話，今後麻煩就大了。如果不想被人知道你和新治的事，就老老實實地聽話。」

初江臉上火辣辣的，喘著大氣。

「把手拿開。什麼叫和新治的事？」

「別裝傻了！你明明和新治幽會了！把我給甩開！」

「你說什麼呢！我什麼都沒做！」

「我可是什麼都知道啊。暴風雨那天你和新治去了山裡吧……哎呀呀，看呀，臉都紅了吧……我說啊，你也和我做同樣的事吧。沒事的，沒事的。」

「不要，不要！」

初江掙扎著想逃開，但安夫不放她走。如果事情不成讓她逃了的話，初江肯定會向父親告狀。但如果木已成舟，她就不會向誰說了吧。城市的三流雜誌裡經常刊登一些「被征服」的女人的自白，安夫特別喜歡這一類。他覺得讓女人陷入無法言說的苦惱是很棒的事。

安夫總算把初江按倒在泉眼旁邊了。一個水桶翻倒了，水打溼了青苔覆蓋的地面。被室外燈照亮的初江的臉上，小小的鼻翼在翕動，沒閉上的眼白閃閃發光，頭髮一半浸溼在水裡。初江猛地抬起嘴唇，安夫的下顎粘上了唾沫。反抗越發撩起了安夫的情欲。安夫一邊感受著初江的胸脯在自己胸膛下劇烈起伏，一邊將臉貼上初江的臉頰。

就在這時，他大聲叫著跳了起來——蜜蜂又來螫了他的脖子。

他氣極了，拚命想去抓蜜蜂，就在他跳舞似的四處亂蹦之時，初江朝著石階的方向逃走。

安夫慌亂不堪。他先是忙著追蜜蜂，然後又掉過頭來隨手抓住了初江。自己也不知道那一瞬間做了什麼動作，都是什麼順序。總之，他抓住了初江，又一次把她那豐滿的身體摁倒在青苔上。兢兢業業的蜜蜂這次停在了他的臀部，從褲子上面深深地刺進了屁股的肉裡。

安夫再次跳了起來。有了經驗的初江這次逃到了泉眼後面。她鑽過樹木，躲在羊齒葉子間跑啊跑，發現了一個大石頭。初江終於停止了喘息，一隻手舉起石頭，俯瞰著泉眼周圍。

初江之前完全不知道救了自己的是何方神聖。但是，當她驚訝地遠眺在泉潭四周瘋狂蹦跳的安夫時，才明白過來原來這一切都是聰明的蜜蜂所為。因為安夫在空中狂抓的指尖正好被室外燈照亮，那裡有一隻小小的金色翅膀橫飛了過去。

看起來安夫終於將蜜蜂趕走了，他茫然地站在那裡用手巾擦汗，然後又四處尋找初江的身影，但哪裡也看不到。他小心翼翼地將兩手做成喇叭狀，低聲叫著初江的名字。

初江用腳尖拍打著羊齒葉子發出聲響。

「噢，你在那裡呀。下來吧，我再也不惹你了。」

「不要。」

「下來嘛！」

一看他要上來，初江就把石頭高高地舉了起來。他退卻了。

「你幹嘛呀，太危險了……你怎樣才能下來啊？」

如果能就這麼逃走就好了，可是安夫害怕被父親知道，執拗地問：「……我說，你要怎樣才能下來呢？你要向我爸爸告狀吧？」

沒有回音。

「我說，能不向我爸告狀嗎？怎樣你才能不說呢？」

「你幫我把水桶汲滿挑到我家去，我就不說。」

「真的嗎？」

「真的。」

「照老爺可是很可怕呢。」

之後安夫就像被迫接受義務勞動似的，默默地開始汲水，那樣子真是可笑極了。他將翻倒在地上的水桶重新接滿水，把兩個桶子的繩子穿在扁擔上，然後擔在肩上走了起來。

過了一會兒安夫一回頭，發現在離自己兩公尺不到的地方，初江不知何時跟了過來。少女板著臉。安夫一停下腳步，少女也停下腳步。安夫沿著石階往下走，少女也跟著往下走。

村子還是靜悄悄的，屋頂都被月光沾溼了。但是，向著村子一級一級走下石階的兩人腳下，到處都響起了喧鬧的雞鳴聲，像是宣告黎明已經不遠了。

第十章

# 謠言

新治的弟弟回到了島上。母親站在碼頭上迎接自家的孩子。小雨飄灑，看不見海面。聯絡船從霧靄中顯現出身姿時，已經是到了距離碼頭一百公尺的地方了。母親都大聲叫著孩子的名字。甲板上甩動著的帽子和手帕漸漸清晰了。

船靠岸了。這些中學生和各自的母親打了照面，也只是露出了微笑，馬上和朋友繼續在海灘上玩鬧起來。他們都不想讓朋友看到自己向母親撒嬌的樣子。

小宏就算回到了家，亢奮之情也絲毫不減，完全安靜不下來。說起旅行的話題，他根本不談什麼名勝古蹟，而光講他們住在旅館時，半夜起來上廁所的朋友因為害怕而叫他一起去，害他第二天早上睏得要死之類的事。

小宏肯定是帶著某種深刻的印象回來了，但是他不知道如何表達。他一旦想要回憶起什麼，就會連一年前發生的事情都想起來——在學校走廊裡塗蠟，讓女老師摔了一跤，為此而開心不已。那些光彩熠熠、在一瞬間掠過自己身旁又轉瞬即逝的電車、汽車和高層建築、霓虹燈等值得驚歎的東西，都消失到哪裡去了呢？這個屋子裡，和出發前一樣，有茶具櫃、座鐘、佛壇、小矮桌、梳妝檯和母親，有爐灶和髒汙的鋪席。和這些東西，即便不說話也能心意相通。可是所有這些東西，甚至連母親都巴望著他講旅行的話題。

哥哥從海上打魚回來時，小宏終於安靜了下來。吃完晚飯，他在母親和哥哥面前打開記事本，開始了正式的旅行彙報。聽完他的報告，大家都心滿意足了，不再求著他說了。一切都恢復了原狀，變回了無須言語也能互通心意的東西。茶具櫃、座鐘、母親、哥哥、古舊發黑的爐灶，還有大海的轟鳴……小宏被這一切包圍著，安心地沉沉睡去了。

春假快要結束了，所以小宏每天從早到晚拚命地玩。小島上可以玩樂的地方太多了。自從在京都和大阪看了慕名已久的西部片，小宏和朋友便玩起了模仿西部片的新遊戲。看到隔海相望的志摩半島的元浦附近山林火災，冒起了煙，他們就不由得想像，那是印第安人的城堡裡升起的狼煙。

歌島的鸕鶿是候鳥，到了這個季節漸漸消失了蹤影。整個島上都是黃鶯在不停地鳴叫。通往中學的陡坡道，冬天時有北風迎面吹來，把站在那裡的人的鼻子都吹紅了，所以得名「紅鼻坡」。而現在，就是北風再捲土重來，也已經不能把鼻子吹紅了。

島南端的辯天岬是他們表演西部劇的舞臺。海角的西岸盡是石灰岩，沿著岩石向上攀登，就可以來到歌島最神祕的場所之一——岩洞的入口。從寬約一點五公尺、高七八十公分的小洞口進去往裡走，曲折蜿蜒的道路逐漸變寬，眼前展現出一個三層的洞窟。到那裡之前還是一片漆黑，一進洞窟，這裡卻沉澱著不可思議的微光。洞穴在看不見的深處與海角相通，從東岸湧進來的潮水，不斷漫進深深的豎坑底部，又退出來。

頑童都一隻手舉著蠟燭進到了洞裡。

「喂，要小心噢，危險呢。」

他們一邊互相提醒著，一邊在黑暗的洞中向前爬。他們對視著，黑暗中浮現出蠟燭的光影粗粗勾勒出來的朋友的臉。而無論是誰，都因為彼此的臉上沒有生出男人氣概的鬍子而感到遺憾。

這群小夥伴就是小宏、小宗和小勝，他們要去洞穴深處探尋印第安人的寶藏。來到洞穴裡面，好不容易站了起來，排在前面的小宗，頭正好碰上了一個厚厚的蜘蛛網。

「什麼呀，還戴了這麼大一個頭飾，你乾脆做酋長吧！」小宏和小勝大聲起鬨。

過去不知是誰在石壁上刻下了梵文，如今長滿了青苔。他們將三支蠟燭立在了下面。

從東岸流進豎坑的潮水衝擊著岩石，發出了震耳欲聾的轟鳴。怒濤的聲音和在戶外聽到的不能相比。翻騰的水聲在石灰岩的四壁激起回聲，和轟鳴聲重疊在一起，整個洞穴都在鳴動，像是被按壓著搖盪一般。據傳，每年舊曆六月十六日到十八日，會有不知從何處而來的七隻通體雪白的鯊魚出現在豎坑裡。他們一想起這個傳說，就渾身戰慄不已。

在少年的遊戲裡，角色自由輪換，敵友也是輕鬆轉換。將頭上戴了蜘蛛網的小宗立為酋長之後，小宏和小勝兩人拋棄了邊境守衛隊員的身分，搖身一變成了印第安人的侍衛，伴著波浪可怕的回聲，侍奉在酋長的身邊。

小宗也心領神會，威風凜凜地坐在蠟燭下的岩石上。

「酋長，那個可怕的聲音是什麼啊？」

小宗用威嚴的口吻說道：「那個嗎？那是神明在發怒。」

「怎麼樣才能平息神明的怒火啊？」小宏問道。

「這個嘛，只能供奉祈禱了。」

大家都把母親給的或是從別處偷來的薄脆餅和包餡饅頭放在報紙上，供奉在下臨豎坑的岩石上。

酋長小宗穿過兩人，肅靜地來到祭壇前，伏在石灰石的地面上，高高舉起兩隻手臂，口中念誦著一段即興編造的奇妙咒語，上半身一會兒伸直一會兒彎曲地祈禱。小宏和小勝跟在他身後，學著酋長的樣子祈禱。冰冷的岩石透過褲子緊貼著他們的膝頭，這麼一來，小宏也感覺自己好像成了電影裡面的一個人物。

所幸的是，神明的怒氣好像平息了，波浪的轟鳴稍稍平穩下來。大家圍坐成一圈，吃著從祭壇上撤下來的薄脆餅和包餡饅頭。這麼吃，感覺比平時要好吃十倍。

這時突然襲來一陣更加猛烈的轟鳴，豎坑裡激起了高高的水花。微光中一閃而過的水沫像是白色的幻影。大海擊打著、搖晃著洞窟發出震動，簡直要把在洞穴內部圍坐著的三個印第安人也捲進海底去似的。小宏、小宗和小勝確實害怕了。一陣不知從哪裡吹來的陰風，將岩壁梵字下面三支搖盪的燭火吹得不停顫抖。其中一支被吹滅時，孩子的恐懼也達到了頂點。

可是平時三人都是不甘示弱地互相吹噓自己膽子多大，所以他們循著少年快活的本能，馬上把恐怖變成了遊戲。小宏、小勝這兩個膽小的印第安人隨從，也演出了一副嚇得渾身發抖的樣子。

「啊，可怕呀，可怕。酋長，神明正在震怒。為何如此震怒呢？」

小宗重新坐回岩石上的寶座，像個酋長一樣，體面地戰慄著。被部下追問的他，不含絲毫壞心地想起了這幾天島上暗地裡的傳言，便想用這個來回答一下。小宗清了清嗓子，開口了：「是因為不義。是因為不正。」

「什麼是不義？」小宏問道。

「小宏，你不知道嗎？你的兄長新治和宮田家的初江交合了。神明因此發怒了呀。」

對方突然提起自己的哥哥，小宏感到肯定有損家裡的名譽，因而被激怒了，對著酋長反咬一口：「哥哥和初江怎麼啦？交合，又是什麼？」

「不知道嗎？交合，就是男女一起睡覺啊。」

這麼說著的小宗也只知道這些了。但是小宏知道，這個說明已經被塗上了滿滿的侮辱性色彩，於是怒氣沖沖，朝著小宗撲了過去。小宗肩頭被抓住，一側的臉頰被打了一拳，亂鬥就這樣匆匆結束了，因為小宗被按在石壁上打的時候，剩下的兩支蠟燭也掉到地上熄滅了。

洞穴裡只剩下勉強可以認清對方臉龐的微光。小宏和小宗喘著大氣對峙著，但也漸漸明白，這種互相撕扯，一不小心就會招來大禍。

「別打了，太危險了！」

小勝當了仲裁。三個人劃著火柴，用那火光找到蠟燭。大家都不說話，從洞穴裡爬了出來。

——戶外陽光明媚，他們攀上海角，來到了海角的背面。此時，平日的好朋友又恢復了原來的友誼，都忘記了剛才的不快，一邊唱著歌一邊沿著海角背面的小路走回去。

……古里海濱布滿岩礁

辯天八丈庭之濱……

古里的海濱在海角的西側，描繪出小島上最美的海岸線。海濱的中央聳立著一塊叫八丈島的巨岩，有一幢兩層小樓那麼大。頂上盤桓著一棵爬地松，旁邊四、五個惡作劇的小孩一邊叫著什麼，一邊揮舞著手。

三人也揮揮手回應了他們。在他們走過去的小路周圍，柔軟的草坪鋪滿了松林間，草坪上四處可見一簇簇紅色紫雲英。

「噢，拖網船！」

小勝指著海角東側的大海。在那裡，庭之濱懷抱著一個小小的美麗港灣，灣口附近停泊著三艘小船，正在等待著漲潮——那是跟在航船後面操縱漁網的拖網船。

小宏也「噢」地叫了一聲，和朋友一同瞇起眼看著炫目大海的粼粼波光。但是剛才小宗說的話依然在他心上揮之不去，而且隨著時間的流逝，變得越發沉重，沉澱在心裡。

晚飯的時間到了，小宏飢腸轆轆地回家了。哥哥還沒回來，母親一個人忙著把樹枝塞進灶口。爐灶裡傳來了木頭燃燒的聲音和吹風一般的火的聲音。飯菜的香氣彌漫，只有這時才能夠掩蓋廁所的氣味。

「哎，媽媽。」小宏在鋪席上躺成了一個大字說話了。

「什麼事？」

「有人說哥哥和初江姊姊一起睡覺了，是怎麼回事啊？」

母親不知何時離開了灶臺，端坐在躺著的小宏身邊。她眼睛閃著異樣的光，和蓬亂的頭髮一起，看起來十分可怕。

「小宏，你是從哪裡聽來的？是誰說了這樣的話？」

「是小宗。」

「這種話不能再說第二遍。對哥哥也不要說。如果你說了，我就讓你餓幾天肚子，知道了嗎？」

——母親對於年輕人的情事有著寬容的見解，即便是做海女的時候，也討厭一邊烤火一邊說人家閒話。可是如果是自己兒子的情事在世間散布的話，她就有必要履行作為母親的義務了。

那天晚上，等到小宏睡著以後，母親把臉貼近新治的耳根，用低沉有力的聲音說道：「你知道嗎？你和初江的事情被人背地裡說壞話了。」

新治搖搖頭，臉紅了起來。母親也有些不知所措，但還是保持一絲不亂，以少見的直率問了下去：「你們一起睡了嗎？」

新治又搖了搖頭。

「就是說，你沒做人家暗地裡說的那樣的事，對吧？」

「是的。」

「那就好。這樣的話就沒什麼好說的了。你要注意，人言可畏啊。」

……但是，事態並沒有向好的方向發展。第二天晚上，新治的母親去了女人唯一的集會——庚申神之會。她一露面，大家都露出尷尬的神色停止了講話——她們是在講新治和初江的閒話。

第二天晚上，新治去了青年會。他若無其事地推門進去，只見明亮的電燈泡下，眾人圍在桌子旁聊得津津有味，一看到新治的臉，瞬間陷入了沉默。只有潮聲飄滿了這個煞風景的房間，房間裡簡直空無一人一般。新治像往常一樣，背靠著牆壁抱膝而坐，沉默不語。於是，大家又恢復了之前的熱鬧，聊起了別的話題。今天難得早到的支部長安夫，從桌子對面痛快地給新治點頭打了個招呼。絲毫沒有疑心的新治微笑著回應了。

有一天，在太平丸上吃午飯時，似乎是不堪苦惱，龍二開口了：「新哥，我真是很生氣呢。安哥把你說得太壞了。」

「是嗎？」

新治像個男子漢一樣沉默地笑了。船在春天平穩的波濤裡輕輕搖晃。然後，一向寡言的十吉，居然插進話來。

「我知道，我知道，那是安夫吃醋。那小子，仗著自己爸爸的權勢耀武揚威，其實是個脾氣暴躁的大混蛋。新治你也成了帥哥，所以被他妒忌了。新治，可別放在心上啊。要是鬧出什麼大事來，我一定站在你這邊。」

……安夫散布的謠言就這樣傳遍了全村，但還沒傳到初江父親的耳朵裡。可是某天晚上，村裡發生了一件可以議論一整年的事件。事件發生在澡堂。

村子裡最富裕的人家也沒有自己的浴室，宮田照吉去了澡堂。他姿態傲慢，用頭撞開暖簾，三下兩下扯下襯衫就往筐裡扔。這麼一來，襯衫和腰帶都被扔到了筐外，四散在地。於是照吉咂著嘴，用腳趾頭一一把那些衣物勾起來扔進筐子。周圍看熱鬧的人都戰戰兢兢。老了但威風不減，這正是照吉為數不多的可以在公眾面前示威的機會。

不過這老人的裸體真是令人驚歎。古銅色的四肢沒有什麼贅肉，銳利的眼睛目光炯炯，頑強的額頭上，獅鬃一樣的白髮亂蓬蓬地直豎著。胸前因為嗜酒而發紅，和白髮形成了鮮明的對照。隆起的肌肉因許久不用而變硬，如同被波浪拍打後越發變得險峻的岩石一般，給人一種強烈的印象。

照吉可以說是歌島這個島上勞動、意志、野心和力量的化身。這位一代富豪充滿著粗野的精力，有著絕對不擔任村裡公職的狷介氣性，這反而使他贏得了村裡諸位重量級人物的尊重。他在望天觀象方面十分準確，對航海捕撈也有無與倫比的經驗，對於村子的歷史和傳統，他非常自負。但是這些優點都和他不容於人的頑固、滑稽的自大，以及就算上了年紀也絲毫不遜當年的一點就著的火爆脾氣互相抵消了。總之這個老人在還活著的時候，萬事像銅像一般行動，倒也不足為奇了。

他推開了澡堂的玻璃門。

澡堂裡人多混雜，彌漫的水蒸氣裡人影綽綽。水聲、木桶互相碰撞的清脆聲音和笑聲在天花板蕩起回音。從一整天的勞動中解放出來的輕鬆感，與豐沛的熱水一起，在這裡滿溢。

照吉絕不會在進浴池之前清洗身體。他一進澡堂門口，就堂堂地邁著大步直接下到浴池裡面浸泡。不管水有多燙他都毫不介意。他對心腦血管的關心，甚至還比不上對香水和領帶的關心。

已經泡在浴池裡的人，即便正好被照吉濺了一臉水，當認出對方是照吉時，也規規矩矩地用眼神致意。照吉蹲下身子，一直讓水浸到他那偉岸的下巴。

在浴池附近洗身子的兩個年輕漁夫，沒有注意到照吉到來。他們肆無忌憚地大聲說著照吉的閒話：

「宮田家的照老爺也老糊塗了。女兒被人糟蹋了他還不知道呢。」

「久保家的新治真行呀。都以為他還是個小孩呢，結果就把人家好好的一朵花摘走了啊。」

浴池裡的客人都把視線從照吉身上移開，如坐針氈。照吉已經泡紅了身子，一臉平靜地從熱水中站了起來。然後兩手各拿了一個水桶，從水槽裡汲滿水。他走近兩個年輕人，把桶裡的冷水朝兩人兜頭澆了下去，又在背後踢了一腳。

被肥皂泡蒙住了半隻眼睛的年輕人，馬上想跳起來反擊，但當他們認出對方是照吉時，立刻退縮了。兩人脖子上塗滿了肥皂泡，老人兩手提起他們發滑的脖子拽到浴池邊。兩人的頭被這可怕的力量按壓著，栽進了熱水當中。他們被老人粗大的手指緊緊地抓著，像漂洗衣物那樣，兩個腦袋在熱水裡搖來晃去，不停地碰在一起。最後，照吉也沒洗身子，將呆若木雞的浴客撇在一邊，大踏步走出了澡堂。

第十一章

# 千代子的幸福

第二天，太平丸上吃午飯的時候，師傅十吉從菸盒裡拿出一張折得很小的紙片，臉上浮現出意味深長的笑容，要把它遞給新治。新治剛要伸手，十吉說道：「說好了啊，就是看了這個，你工作也不許偷懶啊。」

「我不是那種人。」新治斬釘截鐵地說。

「那就好。這可是男人的約定啊……今早我從照老爺門前經過時，初江輕輕地走出來，什麼都沒說就把這張紙塞到我手上，馬上走了。我想我都這把年紀了還能收到情書，開心極了，打開來一看，沒想到是寫給新治你的。這都是什麼事啊，索性撕碎了扔到大海裡去好了。可是轉念一想你們也挺可憐的，就拿來給你了。」

新治接過了紙，師傅和龍二都笑了。

這是一張折得很小的薄紙。為了不弄破它，新治用骨節粗大的手指小心翼翼地打開了。紙的一角撒出菸末，散落到手掌裡。紙上開始是用鋼筆寫的，兩三行之後墨水好像用光了，後面接著的是淡淡的鉛筆字。稚拙的字體這麼寫道：

昨晚父親在澡堂裡聽到有人說我們的壞話，大為震怒，命令我不能再和新治你見面了。不管我怎麼辯解，父親就是那種人，根本無濟於事。他說從夜裡漁船回港之後，到早晨出海之前，絕對不讓我邁出家門半步，連去汲水的差事也讓鄰居的阿姨替我去做。我一點辦法都沒有，悲傷極了。他還說，休漁的日子，就一整天跟在我身邊寸步不離。怎麼才能和新治見面呢？請你想個辦法吧。郵局全是認識的叔叔，太可怕了。我每天都會寫一封信，放在廚房前水缸的蓋子下面。新治的回信也請放在那裡。新治自己來拿的話太危險了，請拜託一位信得過的朋友吧。我來島上的時間還很短，沒有真正能夠信賴的朋友。新治，請你一定要堅強地生活下去。我每天都會在母親和哥哥的靈位前為新治祈禱，望神明保佑你不要受傷。佛祖一定會理解我的心情的。

正在讀信的新治的臉上，輪流浮現出被迫和初江分手的悲傷和得知女人真心的歡喜，像日光和陰影一樣交替出現。等新治讀完了信，就像主張傳信人應得的權利似的，十吉一把奪過信看了。為了讓龍二聽見，十吉大聲並且用自成一派的浪花小曲的語調朗讀，這也是他平時讀報紙時慣用的語調。新治知道他並沒有什麼惡意，但是所愛之人認真寫的信被這種語調讀出來，新治還是覺得很悲傷。

可是十吉也被這封信感動了，讀的過程中幾度深深歎息，又加入了許多感歎詞。最後，他用平時指揮打魚時那種能夠傳遍正午平靜大海方圓百米的音量，發表了自己的感想：

「這女子真有智慧！」

因為十吉一再央求，新治就在沒有外人的船裡，面對可以信賴的人，斷斷續續地講述了他和初江的事情。他很不善於表達，說得顛三倒四，又忘記了重要的地方，花了很長時間才把話大體說清楚。終於到了高潮部分，當新治說到那個暴風雨的日子，兩人光著身子抱在一起卻什麼也沒發生時，平時不苟言笑的十吉笑個不停：

「要是我的話！要是我的話！真是太可惜了！不過，沒嘗過女人滋味的人也許會這麼做吧。這女子也很有主見，你大概弄不過她吧。即便如此，你也太傻了。唉，我說啊，你把她娶過來，一天幹十次，就能找回來了。」

比新治還小一歲的龍二，似懂非懂地聽著。新治沒有都市的初戀少年那樣容易受傷的神經。成人的哄笑，完全沒有傷害他，反而寬慰和溫暖了他。輕輕推著小船的平穩波浪讓他的心安靜下來。所有的話都坦白了之後，他變得無比平靜。這個勞動場所對他來說，是無可替代的安心之所。

從家到港口的路上要經過照吉家門口的龍二，主動請纓每天早晨去取水缸蓋下面的信。

「明天開始你就是郵局局長了。」很少開玩笑的十吉這麼說道。

每天的書信占據了船裡三人午休的時間，三個人一起分享其中內容的悲傷和憤怒。第二封信尤其引起了大家的憤懣。安夫深夜在泉潭旁襲擊初江的經過，之後脅迫她的話；儘管初江信守諾言保持沉默，但安夫為了發洩私憤還是將謠言散播了整個村子；當照吉禁止初江和新治見面時，儘管初江直接抗辯，還曝光了安夫的暴行，但父親對安夫完全沒有採取任何懲罰措施；之後安夫一家仍然親密地自由出入宮田家，初江連看一眼安夫都覺得噁心。等等事件一一寫來，最後她還特別加上了一句，自己絕對不會讓安夫有機可乘，讓新治放心。

龍二為新治義憤填膺，新治臉上也浮現出少見的怒色。

「因為我家窮就不行嗎？」新治說道。

他從來沒有說過這種類似牢騷的話。比起自己的貧窮，他更恥於說出這種話的自己的軟弱，眼中盈滿了淚水。但是，年輕人硬是咬著牙把這意外的眼淚吞了下去，沒有讓大家看到自己難看的哭泣的臉。

十吉這次沒有笑。

沉迷抽菸的他，有著每天輪流抽菸斗和捲菸的奇妙癖好。今天是抽捲菸的日子。以前抽菸斗的時候他總是將黃銅的菸斗放在船舷上磕。因此，一段船舷已經微微地凹了下去。愛惜小船的他就改成隔一天抽一次菸斗，另外一天就把新生牌捲菸插進自己用海松木製作的菸嘴裡抽。

十吉把目光從兩個年輕人身上移開，叼著海松木菸嘴，眺望著一片煙霧濛濛的伊勢海。煙霧中稍露出了知多半島前端師崎一帶的輪廓。

大山十吉的臉像一張皮革。連那深深的皺紋裡面，都被陽光曬得黝黑，散發出皮革一樣的光澤。雙眼依舊銳利，炯炯有神，但是失去了年輕時的明澈，代之以無懼強光的皮膚一般的髒汙，毫不留情地沉澱在裡面。

從作為漁夫的經驗和閱歷來判斷，他知道需要平靜地等待。

「你們的想法，我很理解。你們是想狠狠地揍安夫一頓吧？不過，就算揍了他也沒用啊。笨蛋就是笨蛋，不用去管就好。新治你也很難過吧，但現在最重要的是忍耐。和釣魚一樣，不忍耐是不行的。馬上就會好起來的。正確的一方，即便沉默不語，也一定會贏。照老爺不是傻瓜，他不會分不清對錯。不用管安夫。正確的肯定能堅持到最後。」

村子裡的流言，和每天送來的郵件及糧食一起，至多晚上一天便傳到了燈塔這裡。照吉不許初江和新治見面的傳聞，讓千代子充滿罪惡感的心變得一片黑暗。新治應該不會知道這謠言來自自己吧——至少她是這麼相信的。但是看到新治一副垂頭喪氣的樣子來送魚，千代子怎麼都不敢正視他的臉。同時，千代子這種沒來由的壞心情，也讓她心地善良的父母不知所措。

不久，千代子春假結束，要回東京的宿舍了。她一邊覺得自己無法親口坦白，一邊又想著如果無法得到新治的寬恕，自己就不能這樣回東京，心裡矛盾極了。她盤算著如何能不告白自己的過錯，而得到對自己並無怨恨的新治的寬恕。

於是，千代子在回京前一夜住在了郵局局長家裡，黎明前一個人去了漁民忙著出海的海灘。

大家在星光下站著工作。船隻放在「算盤」上，在眾人的吆喝聲中不情願地被一點點挪下水去。只有男人頭上包著的手巾和毛巾的白色，在黑暗中特別顯眼。

千代子的木屐，一步步地陷進冰冷的沙礫裡，沙子從她腳背上悄悄地流下去。人人都在忙，誰也沒在意千代子。每天出海作業如單調而強有力的漩渦，將這裡的人牢牢抓住，使他們的身心熊熊燃燒。像自己這種熱衷於感情問題的人，是一個也沒有的吧。千代子這麼想著，感到有點不好意思了。

千代子的眼睛努力穿過黎明的微暗，尋找新治的身影。全是相同裝束的男子，拂曉時分很難分辨他們的臉。

一艘船終於滑到了海裡，解放了似的浮在了水面上。

千代子不由得朝那裡靠過去，叫了那個頭上包著白毛巾的年輕人的名字。正要上船的年輕人回過頭來，那鮮明的笑臉中潔白的牙齒，讓千代子一下子認清了這就是新治。

「我，今天要回去了。想著來給你道個別。」

「是嗎？」新治沉默了，一時不知道怎麼說才好，好不容易才勉強說了句，「……再見。」

新治急著上船，千代子知道，所以比他更加著急。可是她連話都說不出口，更別提告白了。她一邊在心裡祈禱新治能在自己眼前多停留一秒，一邊閉上了眼睛。於是，她明白了，自己想祈求他寬恕的心情，實際上只不過是自己一直以來想觸碰他的溫柔的願望戴上了面具而已。

千代子心裡祈禱要被寬恕什麼呢？對自己的醜陋深信不疑的少女，突然間，將一直深藏心底最在意的問題、只有對著這個年輕人才能說出來的問題，脫口而出了：

「新治，我有那麼醜嗎？」

「什麼？」年輕人用莫名其妙的表情反問道。

「我的臉，那麼難看嗎？」

千代子心裡祈禱黎明前的黑暗能夠保護自己的臉，讓自己稍微好看一點。但是，大海的東方，天色已經不識趣地發白了。

新治馬上就回答了。他急著出海，所以倒是避免了因為回答太慢而傷了少女的心。

「你說什麼呢，你很美啊。」他一隻手放在船尾上，一隻腳快速地躍動，馬上就要跳到船裡，「很美啊！」

誰都知道新治不會說奉承話。他只是面對這樣一個急迫的提問，急迫地做出了適當的回答而已。小船出發了。他在漸漸遠去的小船裡快活地揮了揮手。

就這樣，岸邊留下了幸福的少女。

……那天早上，在和從燈塔下來送女兒的雙親說話時，千代子的神情都是生動鮮活的。燈塔長夫婦驚訝於為何女兒要回東京了還這麼高興。聯絡船神風丸離開了碼頭，當溫暖的甲板上只剩下自己一個人的時候，千代子從那天早上起就不斷反覆咀嚼的幸福感，在孤獨之中變得完整了。

「他說我很美！那個人說我很美！」

從那個瞬間開始已經重複了上百次的獨白，千代子仍然毫不厭倦地重複著。

「那個人真的這麼說了。這一句就足夠了，不能再抱有更高的期待了。那個人真的這麼說了。這一句就足夠了，不能再期待那個人愛我了。那個人有喜歡的女人了。我做了多麼壞的事啊。我因為嫉妒，讓那個人陷入了多麼深重的不幸啊。而對於我的背叛，那個人居然以德報怨，說我很美。必須給他補償……我必須用自己的力量，盡可能地報答他……」

——迴盪在波浪上的不可思議的歌聲，打斷了千代子的思緒。放眼望去，從伊良湖水道的方向，許多船隻豎著紅色的旗幟來到了這邊。歌聲是那些船上的人發出的。

「那是什麼？」

千代子向正在捲船尾纜繩的船長助手詢問。

「那是去伊勢參拜的船啊。攜家帶眷的船員從駿河灣的燒津或遠洲出發乘坐鰹魚漁船，一直來到鳥羽。船上豎著的許多紅色旗幟寫著船名，他們在船上喝酒唱歌，還賭博呢。」

紅色的旗幟越來越清楚，那些船速度很快，靠近了神風丸。歌聲乘風飄來，聽起來幾乎是喧囂了。

千代子的心裡還在重複著：

「那個人說我很美！」

第十二章

# 失敗的努力

日子就這麼一天天過去，春天已經快要結束了。樹木綠意盎然，雖然東側岩壁上叢生的文殊蘭花期尚早，但島上已經到處都是繁花似錦了。孩子去了學校，一些海女開始潛入冷水採集裙帶菜了。於是，大中午門戶洞開、空無一人的房子多了起來。蜜蜂自由地進出這些空房，在悄無人聲的屋裡飛來飛去，沿著直線一頭撞到鏡子上，驚慌失措。

新治不擅長思考，沒能想出和初江相會的方法。他們就是到現在也沒見過幾次面，還要強忍著下次再見的欲望而無盡等待。他一想到現在無法相見，就越發想見她。可是既然對十吉發了那樣的誓，天天不得休息的新治，只能在每夜打魚回來，等到路上沒有了行人之後，偷偷地在初江家附近徘徊。二樓的窗戶時常打開，初江會從裡面探出頭來。除了月光正好照在她臉上時，其餘時間她的臉都是落在陰影裡的。但是年輕人憑著出眾的視力，能夠看清楚她那溼潤的雙眼。初江怕被鄰居發覺，不敢出聲，新治也只能從後院小旱地的石牆陰影裡，默不作聲地仰視少女的臉。當然這短暫虛幻的幽會的痛苦，必定會被詳細地寫在第二天龍二取來的信上。讀了信之後，身影和聲音才能重合。昨晚看見的初江無言的身影，因而獲得了聲音和動作，變得生動起來。

對新治來說，這樣的幽會太過痛苦。夜裡他索性一個人漫步在島上的僻靜之處，以排解心中的鬱悶，有時候還會去島南部的德基王子的古墳。古墳的領地並沒有清楚的邊界，頂上長著七棵松樹，其間有個小鳥居和祠廟。

德基王子的傳說已經模糊不清，就連德基這個奇妙的名字到底是什麼語，大家也不知道。據一對六十多歲的老夫婦說，舊曆正月裡舉行的古老祭祀活動中，打開一個不可思議的寶箱後，可以看見裡面有個像是笏一樣的東西，但不知道這個祕密和王子有何關聯。據說過去這個島上的小孩把母親叫作「哎呀」，便是因為王子把妻子叫作「嗨呀」，他幼小的孩子誤叫成了「哎呀」之故。

總之，在遙遠的古代，不知哪個遙遠國家的王子，乘著黃金做的船漂流到了這個島上。王子娶了島上的女子為妻，死後葬在了這個陵墓裡。王子的一生沒有留下任何傳說，也沒有任何悲劇故事附會或假託在他的身上。因為即便這傳說是事實，在歌島生活的王子一生是那樣的幸福，應該沒有任何可以產生故事的餘地吧。可能德基王子是從天而降的天使吧。王子雖然在人世間度過了不為人所知的一生，但是幸福和天寵總伴隨他的左右。他的遺體沒有留下任何故事，埋在了可以俯瞰美麗的古里海濱和八丈島的陵墓裡。

——但是，不幸的年輕人在祠廟邊徬徨，走累了就一個人落寞地坐在草地上，雙手抱膝，遠眺被月光照耀著的海面。月亮散發著光暈，預告了明天的雨。

第二天早上，龍二去拿信時，發現為了不讓雨淋溼信，初江把信往水缸木蓋的角落處挪了一點，用鐵盆蓋住了信。打魚的一天都在下雨，新治午休時穿著雨披讀了信。字很難認。初江說是今天早上如果開燈就會被懷疑，所以只能摸黑在床鋪裡寫了。她之前一直都是在空閒的中午寫好，趕在第二天早晨出海前放在老地方，今天早上有件想快點告訴新治的事情，所以就將昨天寫好的長信撕了重新寫——她這麼解釋道。

據信上所寫，初江做了個好夢。她夢見神來告知她新治是德基王子的化身，將來要和初江幸福地結婚，還會生下一個珠玉般的小孩。

初江不會知道昨夜新治去了德基王子的陵墓拜謁。新治被這神奇的感應感動了，決定今晚回去好好寫信說一下初江好夢的根據。

自從新治出海勞動以來，母親不再需要在海水冰冷的時候去做海女了。她想到六月再去工作。可是，勤勉的她隨著氣溫逐漸回升，不滿足於只做家務了。一有空閒，她絕不會去做無用的事。

兒子的不幸她一直掛在心上。和三個月前相比，現在的新治簡直像變了一個人。喜歡沉默這一點沒有什麼變化，可是雖然還是沉默，以前臉上洋溢著的年輕人特有的活力卻消失了。

有一天，母親上午補好了衣服，下午無所事事，呆呆地想有沒有辦法拯救兒子的不幸。雖然家裡照不進陽光，但是鄰居家泥灰牆倉庫的屋頂上方，可以看到晚春嫻靜的天空。她突然臨時起意走出家門，來到防波堤，眺望驚濤拍岸。她和兒子一樣，一有心事，就要去找大海商量。

防波堤上曬著一連串繫著章魚罐的纜繩。即便是幾乎看不見船的海灘上，也晾著一大片漁網。母親看到了一隻蝴蝶，從攤開的漁網那裡心血來潮地朝著防波堤飛去——是一隻美麗的大黑鳳蝶。這隻蝶是在漁具、沙礫和水泥上，尋找什麼新奇的花嗎？漁民的家都沒有像樣的院子，只有沿著小路用石頭圍起來的花壇。這隻蝶恐怕是厭煩了那些小氣的花朵，才飛下了海灘的吧。

防波堤之外總是波濤洶湧。波浪翻起下面的泥土，沉澱著土黃色的濁流。波浪湧來，那濁流就凌亂了。母親看到蝴蝶離開了防波堤，剛要貼近渾濁的海面休息一下，又展翅高飛了。

「真是一隻有意思的蝴蝶啊，在模仿海鷗呢。」她想。

這麼一想，她就被蝴蝶深深地吸引了。

蝴蝶高高飛起，逆著海風要飛離小島。海風看起來很和煦，但對蝴蝶柔軟的翅膀來說也是凌厲的一擊。即便如此，蝴蝶還是展翅高飛，遠離了小島。母親一直盯著炫目的天空，直到牠變成一個小黑點。蝴蝶一直在她視野的一角盤旋，牠在大海的廣闊和璀璨前頭暈目眩，也許是對映入眼中的鄰近小島似近實遠的距離感到絕望了吧，這次牠低低地在海面上徘徊了一陣，又回到了防波堤上來。牠停在曬著的纜繩的影子上休息，恰似一隻大大的繩結。

母親從不相信任何暗示和迷信，但是這隻蝴蝶的徒勞卻打動了她的心。

「真是隻笨蝴蝶啊。要是想去外面，停在聯絡船上不就輕鬆了？」

可是，她從來沒什麼事要出島，已經很多年沒有坐過聯絡船了。

——新治的母親心裡，不知為何突然鼓起了魯莽的勇氣。她踩著堅定的步伐，快步離開了防波堤。途中碰上了一個熟識的海女給她打招呼，她也沒理睬，著了魔似的一直往前走，讓對方吃了一驚。

宮田照吉是村子裡首屈一指的富豪。不過，他家的房子也只是新建，並不比周圍的房子高多少。房子前既沒有大門，也沒有石牆。入口的左側是廁所的淘糞口，右側是廚房的窗戶，兩者各占一方，平分秋色，恰好就像女兒節的人偶壇上分庭抗禮的左右大臣那樣，和別家也沒有什麼不同。只是因為房子建在斜坡上，所以用作倉庫的地下室是由堅固的混凝土建成的，結結實實地支撐著這幢房子，地下室的窗子緊貼在小路旁邊。

廚房門口旁邊有一個能裝進一個人的大水缸。初江每天早上用來壓信的木蓋子，看起來能夠嚴絲合縫地阻擋塵埃進入水中，可是一到夏天，不知什麼時候就飛進了蚊蟲，水面上漂浮著牠們的屍體。

新治的母親想從門口進去，又有些遲疑了。光是她來拜訪平素並無交情的宮田家，就足夠村子裡的人嚼半天舌頭了。她環視四周，沒有人影，只有兩三隻雞在小路上散步，後面的人家門前開著幾株可憐的杜鵑花，透過葉影可以看到下面大海的顏色。

母親用手攏了攏頭髮。頭髮依然被海風吹得凌亂，她從懷裡拿出缺了很多齒的紅色賽璐珞梳子，飛速地梳了一下頭。身上穿的是平時的衣服。未施脂粉的臉，被太陽曬黑的胸口，滿是補丁的綁腿工作服，穿著木屐的赤腳。長年以來海女浮上水面時養成的踩海底的習慣，讓她的腳趾不斷受傷後變得結實，腳趾甲堅硬而彎曲，絕不是好看的形狀。但是這雙腳踩在地面上時，是堅定不可動搖的。

她走進了土間[1]。土間裡雜亂地散放著兩三雙木屐，有一隻木屐還翻著。一

1 日式建築中沒有被抬高及鋪設地板的部分，與地面齊平，通常不做處理或由三合土製成。一般位於入口玄關處。

雙紅色繫繩的似乎是剛去了海邊回來，上面還留著沾有溼沙礫的腳印。

房子裡闃無一人，飄蕩著廁所的氣味。圍著土間的房間很暗，但裡面房間的正當中，從窗戶裡射進了深黃色包袱巾大小的陽光，輪廓清晰地落在地面上。

「你好！屋裡有人嗎？」母親喊了一聲，等了一會兒，沒有回音，又喊了一聲。

初江從土間旁邊的梯子上下來，說道：「啊呀，是阿姨。」

她身穿土氣的綁腿工作服，頭髮用黃色的絲帶繫著。

「絲帶真好看。」母親奉承了一句。

她一邊說著，一邊仔細觀察這個讓自家兒子魂牽夢縈的女孩。可能是自己的心理作用，感覺她的臉有些消瘦，皮膚變得白了一些。因此，瞳仁顯得分外黑亮，閃著澄澈的光。發覺被人仔細端詳，初江的臉飛紅了。

做母親的對自己的勇氣有了信心。她必須要見照吉，向他傾訴兒子的無辜，披露真情，撮合兩人。這除了雙方父母商談解決，別無他法……

「你父親在家嗎？」

「啊，在的。」

「我有事想和你父親談談，能幫我傳一下話嗎？」

「那，好吧。」

少女帶著不安的神情登上了梯子。母親坐在了二道門的底框上。等待的時間漫長極了。她想，要是隨身帶香菸過來就好了。等待的過程中，她的勇氣枯萎了。她漸漸明白，自己所抱的空想是多麼瘋狂。

梯子輕輕地發出了響動，初江下來了。但是她下到一半，就稍稍扭了一下身子說話了。梯子那裡一片昏暗，看不清少女低著的臉。

「不好意思，爸爸說他不見客。」

「不見客？」

「是的……」

面對這個回話，做母親的完全失去了勇氣，屈辱感讓她心裡湧起了別的感情。長年辛苦的人生、成了寡婦後難以言表的艱難，一下子全都湧上心頭。於是，她雖然已經一隻腿邁出了照吉家門，還是唾沫四濺地怒吼道：「好，是說不願意見我這個貧窮的寡婦吧？是說不想讓我再跨進你家門吧？我話先說在前面，你轉達給你父親。我再也不會跨進你家了！」

母親沒打算把這失敗的前後經過告訴兒子。她亂發脾氣，怨恨初江，說了初江的壞話，反而和兒子吵了一架。第二天一整天，母子彼此都沒有開口。到了第三天，兩人和解了。於是突然間想和兒子哭訴的母親，將拜訪照吉吃了閉門羹的事情原原本本地告訴了新治。而新治，已經從初江的信裡得知了這一切。

母親把自己最後激憤的話語省略了。而初江的信中，因為不想讓新治傷心，也省略了這一段。於是，新治只將母親吃了閉門羹的屈辱深深地記在了心裡。年輕人心地善良，聽到母親說初江不好，即便不能認可，也覺得就隨她去吧。雖然至今為止他面對母親，絲毫沒有隱瞞對初江的愛慕，但是此刻他暗下決心，今後除了十吉和龍二，絕不吐露給第三個人。

於是，母親因為失敗的善行，變得孤獨了。

出了這事之後，幸好一直沒有休漁日，否則新治肯定會悲歎見不到初江的一天太漫長了。沒法幽會的日子一直到了五月，有一天，龍二帶來了一封讓新治喜出望外的信：

……明天晚上爸爸難得請客。從津縣政府來的客人，要住在我家。一旦來了客人，父親一定會喝大酒，早早就寢。夜裡十一點左右我想應該可以跑出去。請你在八代神社院內等我……

那天，從海上回來的新治，換上了新襯衫。蒙在鼓裡的母親小心翼翼地仰視著孩子的身姿，好像又一次看到了暴風雨那天的兒子。

新治從等待的痛苦當中學到了很多，完全體會到了個中滋味。所以，他想即便讓女孩等等也沒關係，但他做不到。母親和小宏一進被窩，新治就出去了。距離十一點還有兩小時。

他想著去青年會打發一下時間。那間海濱上的小屋從窗戶透出燈光，傳出住宿的年輕人說話的聲音。新治覺得他們是在講自己的閒話，就離開了。

來到夜晚的防波堤，年輕人將臉迎向海風。他回憶起第一次從十吉那裡打聽到初江身世的那個傍晚，以一種不可思議的感動，目送著在海平面上的晚雲前飛馳而過的一艘白色貨船的身影，那是「未知」號。遠遠地望著未知號的時候，他的心情平和，可是一旦乘上未知號出海時，不安、絕望、混亂和悲歡都相攜交集而來。

如今，自己本該歡喜雀躍的心情，卻不知道哪裡受到了挫折而不能躍動——他好像明白了其中的理由。今夜再見的初江，肯定要催促他快點解決吧。私奔？可是，兩人住在孤島上。即便想坐船出逃，新治也沒有自己的船，最重要的是沒有錢。殉情？島上也有殉情的，但是那些都是只考慮自己的自私鬼，年輕人堅定的心斷然否決了。他從來沒有想過死，最重要的是，他還有要養的家人。

就這樣思來想去，時間過得意外的快。不擅長思考的年輕人，發現了一個思考問題意料之外的作用——打發時間，不禁吃了一驚。可是，堅強的年輕人，馬上就停止了思考。無論有什麼好作用，他首先發現的，是思考問題這個新的習慣所潛藏的明顯的危險。

新治沒有手錶。硬要說的話，是不需要手錶。他擁有一種不可思議的才能，無論晝夜都能本能地感知時間。

比如說，日月星辰的運行。即便不善於精密地測定移動的距離和角度，他也能用身體感受到夜晚大環和白天大環的運行。只需置身於一個和大自然相關的角落，他便不會不知道大自然正確的秩序。

然而今天不同。實際上新治來到八代神社的入口處，在石階上坐下來時，就聽到了十點半的一聲鐘響。神官全家已經進入了夢鄉。年輕人把耳朵放在防雨窗上，仔細地默數著，掛鐘靜靜地敲響了十一下。

年輕人站起身來，穿過松林黑暗的樹蔭，登上兩百級的石階。沒有月亮，天空中飄著薄雲，只能看見寥寥數顆星星。即便如此，石灰岩的石階還是集中了夜裡的微光，新治的腳下，如同懸掛著一條莊嚴的白色大瀑布。

廣闊的伊勢海被夜色掩蓋得嚴嚴實實，與知多半島和渥美半島的稀疏燈火相比，宇治山田一帶的燈光連成一片，非常壯觀。

年輕人對自己的新襯衫很自豪。這顯眼的白色，就是在兩百級臺階的最下面，也能馬上發現吧。爬到約莫一百級的地方，石階上左右伸出來的松枝，投下了黑暗的影子。

……石階下面出現了小小的人影。新治的心因為欣喜怦怦直跳。專心跑上石階的木屐的聲音，在四周蕩起了和那小小的身影不相稱的巨大迴響。看起來爬得很輕鬆。

新治拚命壓住了自己也要跑下去的想法。等了這麼久，他擁有悠然自得地在最上面等待的權利。等她爬到能看清臉的時候，也許自己會抑制不住大聲呼喊她名字的衝動，而不能不跑下去了吧？到哪裡才能看清楚臉啊，大約是一百級臺階左右的地方嗎？

——就在那時，新治腳下傳來了可怕的怒喝聲。那聲音好像是在叫初江。

在稍微寬闊的第一百級臺階處，初江猛地停住了，看得見她胸口在劇烈地起伏。躲在松樹影子裡的父親出現了，照吉抓住了女兒的手腕。

新治看見父女倆三言兩語地進行激烈爭吵，他站在石階頂上，像被捆住了一樣動彈不得。照吉根本沒有回頭向新治這邊看，他拉著女兒的手，走下臺階。年輕人保持著原來的姿勢，不知所措，腦袋像半邊麻木了一樣，在石階的頂上如衛兵似的佇立著。父女倆走下臺階，向左一拐就消失了。

第十三章

# 海女的比賽

海女的季節，對於島上的年輕女孩來說，就如同都市裡的孩子帶著壓抑的心情面對期末考試的季節。這項技能，她們在小學二、三年級時藉由撿海底石子的遊戲就學會了，有了競爭心之後自然變得越發熟練。但真正做了這一行，以前輕鬆隨意的遊戲變成了嚴苛的工作後，年輕的女孩都有些害怕了。春天一到，便已經開始討厭夏天的到來。

海水的冰冷、呼吸的困難、潛水鏡進水時難以言表的痛苦、差兩三寸就能觸到鮑魚時襲擊全身的恐怖和虛脫感、各種各樣的傷病、踩著海底向上浮時手指被尖銳貝殼劃破的傷、硬撐著潛水之後身體灌了鉛一樣的疲憊……如此種種，在記憶裡反覆打磨，恐怖越發變得巨大。就連做夢的餘地都沒有的熟睡時分，女孩也經常會被突如其來的噩夢驚醒，深夜裡，透過平安無事的床鋪四周的黑暗，看到自己手心裡滿是汗水。

上了年紀的已婚海女就不同了，從水裡鑽出來以後就大聲唱歌，大聲談笑。工作和娛樂，已經渾然一體。看到這些，女孩想自己以後是絕對不會變成那個樣子的。可是過不了幾年，她們猛然發現自己已經在不知不覺中成了開朗幹練的海女的一員，不禁驚愕不已。

六、七月是歌島海女最繁忙的時候。她們的根據地在辯天岬東側的庭之濱。那是入梅前的一天。已經不能說是初夏的強烈陽光照耀著海灘，她們燃起了篝火，煙隨南風飄往王子的古墳。庭之濱環繞著一個小小的海灣，海灣面朝太平洋。海面上夏雲高高湧起。

小小的海灣擁有名副其實的庭院的構造。海灘四周圍繞著石灰岩，孩子演出西部劇時躲在這些石頭後面發射子彈。它們表面光滑，到處都有小指大小的洞，成為了螃蟹和海灘爬蟲的棲息之地。被岩石包圍的沙地潔白無瑕。左方面向大海的懸崖之上，盛開著的文殊蘭，與衰落期的凋零景象完全不同，向著碧空伸出蔥白一樣性感、純白和結實的花朵。

大家圍坐在篝火四周，午休時的談笑熱鬧非凡。沙礫還不是燙腳般的灼熱，海水還是涼的，但也不是從水裡出來後就一定要慌忙穿上棉衣烤火的季節了。大家都高聲談笑，挺起胸自豪地互相展示自己的乳房。當中還有人用雙手把乳房捧起來。

「不行，不行。把手放下。用手捧著的話，怎麼都能糊弄過去了。」

「我就長了一雙用手捧著也沒法糊弄的乳房啊，你說什麼呢？」

大家都笑了，互相比起乳房的形狀。

無論哪一對乳房都被太陽曬得黝黑，既沒有神祕的白色，更看不到隱隱的靜脈。那裡看不出來有什麼特別敏感的肌膚，但是在太陽曬黑的皮膚裡面，涵養了一種蜂蜜那樣半透明的色澤。乳頭周圍乳暈的擴散，便是那種色澤的自然延續，並非只有那裡才擁有黑色溼潤的祕密。

篝火四周擠擠挨挨的乳房當中，有的已經枯萎，還有的只剩如變硬的葡萄乾一樣的乾癟乳頭，但大多是有發育良好的結實胸肌支撐著乳房的重量以防下垂，使它們在寬闊的胸膛上保持著結實的形狀。這些乳房像果實一樣，自然大方地在每天的陽光下成長。

一個女孩很苦惱自己兩邊的乳房不一般大。一個直爽的老太婆安慰她說：「別擔心。將來讓你男人幫你按摩一下就好了。」

大家哄堂大笑，女孩還是很擔心地問道：「真的嗎，阿春婆？」

「當然是真的呀。以前也有一個像你這樣的女孩，有了情人以後就變得兩邊一樣大了。」

新治的母親對自己的乳房依舊保持年輕活力感到很自豪。與有丈夫的同齡女子相比，自己的乳房最鮮活圓潤。她的乳房就像不知道愛的飢渴和生活的辛苦一般，在夏季裡一直向著太陽綻放，直接從太陽獲得源源不斷的力量。

年輕女孩的乳房，沒怎麼引起她的嫉妒心。但是只有一對美麗的乳房，不僅吸引了新治的母親，還成為眾人讚歎的對象，那就是初江的乳房。

今天是新治的母親今年第一次作為海女出海，所以能仔細觀察初江，今天也是第一次。自從那次出言不遜以來，她看見初江也就是用眼神打個招呼。原本初江也不是愛說話的人，今天也很忙，互相之間開口交談的時間並不多。這種比賽乳房的時候，話多的都是那些年長的女性，本來就心存芥蒂的新治母親，根本沒想要從初江那裡扯出什麼話題。

但是當她看見初江的乳房時就肯定，關於初江和新治的謠言一定會隨著時間的流逝而消失。看見了這對乳房的女人不會再懷疑——這絕對不是已經有過男女之情的乳房，而是剛剛開始綻放的花朵，一旦盛開不知會有多美。

頂著粉色蓓蕾的一對小丘之間，是被太陽曬黑卻不失纖細、嫩滑和清涼的一脈山谷，飄蕩著早春的氣息。與四肢健全的發育步調一致，乳房的發育也絕沒有落後。只是還帶著點堅硬的那兩塊隆起，正沉浸在馬上就要醒來的睡夢中，只要有一根羽毛輕輕一觸，或是一絲微風的愛撫，它們就能馬上醒來。

這健康的處女的乳房，呈現出難以形容的美麗形狀，老太婆不禁用粗大的手觸摸了一下乳頭，初江嚇得跳了起來。

大家都笑了。

「阿春婆懂得男人的心情了吧？」

老太婆用兩手揉搓著自己滿是皺紋的乳房，高聲說道：「說什麼呢？那個還是沒熟的青桃，我的已經是陳年的醃菜了，很入味呢。」

初江笑了，搖了搖頭髮。一片綠色的海藻從她頭髮上掉下來，落到了耀眼的沙礫上面。

大家都在吃午飯的時候，一個熟識的男人看準時機，從岩石背後出現了。

大家故意大叫起來，將竹皮飯盒放在一邊，捂住胸口。實際上她們根本沒吃驚。闖入者是換季時會來島上的年老貨郎，她們嘲笑他的老邁，故意做出一副羞怯的樣子。

老人穿著白色開襟襯衫，一條滿是皺紋的變了形的褲子。他將背上的大包袱卸在岩石上，擦了擦汗。

「可真是大吃了一驚啊。要是我不該來的話，我這就回去。」

貨郎很清楚，在沙灘上展示物品最能激起海女的購買欲，故意這麼說道。在海灘上，海女會變得很大方。在這裡讓她們挑選商品，然後夜裡送到家中收回貨款。並且，海女也喜歡這樣，因為衣服的顏色在日光下能分辨得很清楚。

年老的貨郎在岩石背後把包袱打開。女人嘴裡塞滿了各種各樣的食物，聚在貨攤周圍，形成了一堵人牆。

有浴衣，有便服和童裝，有單層腰帶，有褲子，有襯衫，還有女式和服腰帶繫繩。

貨郎打開了裝滿貨物的平木箱的蓋子，在場的女性都不禁發出了驚歎聲。裡面放滿了各種漂亮的小百貨：小荷包、木屐帶、塑膠提包、絲帶、胸針等等，琳琅滿目。

「都是大家想要的東西啊！」一個年輕的海女直率地說道。

一時間，大家爭相伸出黝黑的手指，一一拿起來仔細比較，品頭論足，又互相議論是否合適，好不好看，還半開玩笑地討價還價。最後，貨郎賣出了兩件將近千圓的粗棉布浴衣，一條混紡單層腰帶，還有很多小雜貨。新治的母親買了一個兩百圓的塑膠購物袋，初江買了一件年輕人穿的印有牽牛花的白底浴衣。

年老的貨郎因為這意外火熱的生意心情大好。他瘦骨嶙峋，開襟襯衫的領口處露出了曬得黝黑的兩肋；斑白的頭髮剪得很短，從臉頰到太陽穴可以看見幾塊沉澱的黑斑；被香菸熏得發黑的牙齒稀疏漏風，說話聽不清楚，大聲喊叫的話，就更聽不清了。總之，從他臉頰上肌肉痙攣一般顫抖的笑容和誇張的動作中，海女就知道貨郎要進行一番「大出血」的酬賓活動了。

他用小拇指的長指甲在小百貨箱裡快速扒拉了幾下，拿出了兩三個漂亮的塑膠提包。

「喂，來看呀，藍色的是給年輕人的，褐色的是給中年人的，黑的是給老年人的。」

「我應該買年輕人用的啊！」那個阿春婆插科打諢。

眾人哄堂大笑。年老的貨郎越發高聲叫道：「最新流行的塑膠提包啊，一個定價八百圓！」

「喝，這麼貴啊。」

「反正是虛報的價吧。」

「沒有虛報，就是八百圓。為了答謝大家照顧生意，今天從大家之中選一位，我免費送給她。」

天真無邪的手一下子都伸了過來。老貨郎用誇張的動作把這些手撥開。

「就一個啊，只有一個。為了祝福歌島村的繁榮，吐血大酬賓的近江屋大獎。無論是誰，贏了的人就贈送一個。年輕人贏了就給藍色的，中年太太贏了就送褐色的……」

海女不禁屏住了呼吸。幸運的話，就能免費獲得那個要價八百圓的提包。

貨郎已經從沉默中獲得了籠絡人心的自信。曾是小學校長的他，因為女人栽了跟頭而落到這步田地，他想再次成為運動會的指揮者。

「反正是要比賽，能夠回饋歌島村的比賽就滿好的。怎麼樣啊，各位？我們來比賽採鮑魚吧。接下來一個小時裡，誰採的鮑魚最多，這個提包就給誰。」

他在另一塊岩石背後鄭重地鋪開一塊包袱巾，莊嚴地把獎品擺放整齊。實際上哪個都是五百圓左右的東西，但看起來都像是值八百圓。年輕人的獎品是藍色的箱型包，包身是新造船那樣鮮豔的鈷藍色，與鍍金的金屬帶扣的閃光形成了妙不可言的對照。適合中年人的褐色包也是箱型包，仿鴕鳥皮的貼皮非常精緻，可以以假亂真，不仔細看，根本看不出並非真品。只有適合老年人的黑色包不是箱型，但無論是金色細長的帶扣，還是橫寬的小舟造型，都做工精細、雅致大方。

想要褐色提包的新治母親，第一個報了名。

第二個報名的是初江。

報名參加的八個海女乘船離開了海邊。划船的是不參加比賽的胖胖的中年女人。八人當中，年輕的只有初江一個人。知道反正贏不了而棄權的年輕女孩都為初江加油。留在海灘上的女人，各自為自己喜愛的選手加油。小船沿著礁石一路向南，去了島的東側。

留在海灘上的海女把老貨郎圍在中間唱起了歌。海灣的海水清澈見底，被紅色海藻包圍的圓形岩石，風平浪靜時看起來好像快要浮上水面那般清晰——實際上那裡海水很深。海浪經過岩石上面，一路膨脹而來。波浪的紋路、彎曲和泡沫，都清清楚楚地在海底岩石上落下了影子。波浪剛要湧上來，就已經拍散在礁石上。然後，如同深深歎息一般的潮聲，漲滿了整整一片礁石，蓋住了海女的歌聲。

過了一個小時，小船從東邊礁石那裡回來了。因為參加比賽而比平時疲累十倍的八個人，赤裸上半身互相依靠著，各自沉默地看著不同的方向。潮溼凌亂的頭髮，與旁邊人的頭髮相互糾纏，分不清彼此。還有兩個人因為寒冷而抱在一起，乳房上都是雞皮疙瘩。陽光太過明亮，這些曬黑的裸體，看起來就像一群蒼白的溺死者。而迎接這些人的海灘熱鬧非凡，和這艘悄無聲息、靜靜駛來的小船實在很不相稱。

下了小船，八個人馬上癱倒在篝火四週，一句話也不說。貨郎一個個地拿了她們的水桶檢查，大聲報出了鮑魚的數量：

「二十隻，初江是第一！」

「十八隻，久保太太是第二！」

第一名和第二名，初江和新治母親用疲憊充血的眼睛互相看了對方一眼。島上最老練的海女，輸給了在外地學藝的新進熟練少女。

初江沉默著站起來，走到岩石背後去拿獎品，拿來的是一個中年人用的褐色提包。少女將提包塞給了新治的母親，母親的臉因為歡喜而變紅了。

「為什麼給我……」

「我父親曾對伯母說過不好的話，我一直想著得道歉。」

「真是個好孩子啊！」貨郎叫道。大家都交口稱讚，勸新治母親收下。她便用紙仔細地包好褐色的提包，夾在裸體的手臂下，坦然地說：「謝謝！」

母親直率的心，接受了少女的謙讓。少女微笑了。母親想，兒子選的媳婦真賢慧啊——島上的政治總是這樣運作的。

# 第十四章

# 勇氣

梅雨季節，新治每天都很痛苦。初江的信也中斷了。初江在八代神社被父親攔截，就是因為他發現了信，所以之後肯定也是嚴禁女兒寫信了。

梅雨還沒有完全結束的某日，照吉自己的機帆船歌島丸的船長來到了島上。歌島丸一直停泊在鳥羽港。

船長先去了照吉家，然後去了安夫家，夜裡又去了新治的師傅十吉家，最後去了新治家。

船長四十多歲，有三個孩子。他身材魁梧，強壯有力，為人忠厚老實。他是法華宗的忠實信徒，陰曆盂蘭盆節時如果在村子裡，就會代替和尚誦經。船員嘴裡叫的「橫濱的阿姨」、「門司的阿姨」，都是他的女人。船長到了那些港口，就會帶著年輕人去情人家喝酒。阿姨的穿著都很樸素，對年輕人照顧周到。

人家都說他就是因為玩女人，頭髮半禿了。所以船長總是戴著一頂裝飾著金色緞帶的制服帽子，以正威儀。

船長來到家裡，馬上就在新治和母親面前表明了來意。在村子裡，男人十七、八歲就要到船上當夥計，進行船員訓練——夥計就是船上的見習生。新治也快到這個年紀了，船長問他願不願意去歌島丸上當夥計。

母親沉默不語。新治說要和十吉商量之後再回答。船長說，十吉已經答應了。即便如此，也很奇怪。歌島丸是照吉的船，照吉不可能讓自己痛恨的新治上他的船當船員的。

「不，照老爺說你能當個好船員呢。我一說你的名字，照老爺就答應了。好了，打起精神好好工作吧。」

為了保險起見，新治和船長兩個人又去了十吉家，十吉也極力推薦。他說新治的離開對太平丸來說是個打擊，但是不能妨礙年輕人的未來。於是新治答應了。

第二天，新治聽到了奇怪的傳言，說是安夫也同樣將作為夥計登上歌島丸，安夫自己並不願意上船當夥計，但是照老爺作為和初江結婚的條件要求他必須參加這個訓練，他才不情願地答應下來。

新治聽到了這些，心中充滿了不安和悲傷，同時也湧起了一絲希望。

新治和母親為了祈求航海安全，一起來到八代神社參拜，求了一個護身符。到了出發當天，新治和安夫在船長的陪伴下，乘上了聯絡船神風丸去了鳥羽。來送安夫的人很多，其中也有初江，不見照吉的影子。來送新治的只有母親和小宏。

初江沒有朝新治這邊看。船終於快要出港時，初江悄悄地把嘴貼近新治的母親說了些什麼，塞給她一個小小的紙包。母親把那紙包遞給了兒子。

乘上船之後，旁邊有船長和安夫，新治沒法打開紙包看一眼。

他眺望著漸漸遠去的歌島。這時，生於斯長於斯、對歌島無比熱愛的年輕人，發覺自己現在竟是如此盼望離開這座島。接受船長的邀請，也是因為自己希望離開歌島的緣故。

歌島的身影一消失，年輕人的心就平靜了下來。與每日的出海打魚不同，今夜已經不需要再回去了。「我自由了！」他心裡叫喊著。他第一次知道了，世上還有這種奇妙的自由。

神風丸在小雨中前進。昏暗船艙內的鋪席上，船長和安夫躺在那裡睡著了。安夫自從上了船，還沒和新治說過一句話。

年輕人把臉靠近雨滴流下來的舷窗，藉著那一線光，仔細打開初江的紙包看了——裡面有八代神社的護身符、初江的照片和信。信是這麼寫的：

今後我每天都會去八代神社參拜，求神佛保佑新治平安。我的心是屬於新治的，請一定要健康地回來。為了能和新治一起出海，我把照片給你，這是在大王崎拍的照片喲。——這次的訓練，爸爸雖然什麼也沒說，但他特意讓新治和安夫都乘上自己的船，好像有什麼考量。我似乎看到了希望。請一定不要放棄希望，好好努力吧！

信給了年輕人勇氣。他感到手臂充滿了力量，身體裡漲滿了生的意義。安夫還在睡覺。新治就著舷窗的光亮，深深地凝視著背靠大王崎巨松的少女的照片。照片裡，海風吹起了少女的裙襬。去年夏天的白色連衣裙被風吹過，繞著少女的肌膚高高捲起。他想起自己曾經也做過海風做的事，這給他增添了力量。

新治捨不得收起來，一直盯著照片看。立在舷窗邊上的照片的影子裡，煙雨迷濛的答志島從左側緩緩地移動過來……年輕人心中的寧靜再次消失了。希望，會給人帶來痛苦——這種愛的不可思議，對他來說已經不是什麼新鮮的東西了。

到達鳥羽港時，雨已經停了。雲朵飛散，黯淡的白金色光線從雲縫裡落了下來。

停泊在鳥羽港裡的小漁船很多，一百八十五噸的歌島丸因此顯得格外引人注目。三人跳到雨後閃閃發光的甲板上。雨滴沿著塗成白色的桅杆落下，威嚴的吊車在船艙上面彎著身子。

船員都還沒回來，船長帶他們參觀了船員室。船員室在船長室的旁邊，位於廚房和食堂上方，是一個八疊鋪席大小的房間。除了壁櫥和中央地板上鋪著帶邊席子的地方之外，右側是兩張上下鋪的床，左側是一張上下鋪的床和輪機長的床。

天花板上貼著兩三張護身符似的女演員的照片。

新治和安夫被分配到了右側靠前的上下鋪床。這個房間除了輪機長，還有大副、二副、水手長、水手和操機手。經常只需要一兩個人值班，所以床鋪的數量有這些也足夠了。

船長又帶領他們參觀了瞭望塔、船長室、船艙和食堂，囑咐他們可以休息到船員回來，然後就走了。被留在船員室裡面的兩人互相看了看對方。心裡沒底的安夫妥協了：

「就剩你我兩人了。在島上時是有過不少不愉快，不過今後我們還是好好相處吧。」

「嗯。」新治簡短地答道，莞爾一笑。

——接近傍晚時，船員回來了。他們幾乎都是歌島人，所以和新治及安夫都認識。酒興未消的他們，拿兩人開起了玩笑，又教了兩人每天的工作和各種各樣的任務。

船明天早上九點出發。早早分配給新治的任務是，黎明時將桅杆上的停泊燈取下來。停泊燈就像陸地上人家的防雨板，把它熄滅就是起床的信號。那天夜晚新治基本上沒睡著，日出前就起了床，等到周圍變白時，他就出去取停泊燈了。晨光被細雨包裹著，港口的街燈排成兩列，一直延續到鳥羽港。車站上貨物列車粗獷的汽笛聲久久迴盪著。

年輕人爬上折疊著風帆的桅杆。被雨打溼的桅杆冰冷，輕舔著船底的微波，把搖晃沿著桅杆柱子原封不動地傳了上來。停泊燈在被細雨滲透的最初的晨光裡，發出了乳白色溼潤的光。年輕人將一隻手伸向吊鉤。就像不願意被取下來似的，停泊燈大幅地搖擺，被雨淋得透溼的玻璃罩裡面，火焰忽明忽滅，雨水滴落在年輕人仰起的臉上。

新治想，自己下次再取下這個燈，會是在哪個港口呢？

歌島丸是山川運輸的專屬用船，它每月往沖繩運送木材，往返大約一個月，最後回到神戶港。船通過紀伊水道在神戶稍作停靠，就沿著瀨戶內海向西出發，在門司接受海關的檢疫；之後沿著九州東岸向南行駛，在宮崎縣的日南港領出港執照——日南港裡有海關的辦事處。

九州南端的大隅半島東側，有個叫做志布灣的海灣。臨灣的福島港位於宮崎縣的盡頭，蒸汽船歌島丸從這裡開往下一站時，就越過了宮崎縣和鹿兒島縣的縣境。歌島丸在福島港裝貨，載滿了一千四百石的木材。

離開了福島港之後，歌島丸就和遠洋船一樣了。從這裡開始，要行駛兩天兩夜甚至再多半天，才能到達沖繩。

……在沒有裝卸任務的時候或閒暇時分，船員都在船員室中央的三疊鋪席上躺著，聽隨身帶來的唱片。唱片就那麼幾張，大部分都磨平了，放在生鏽的唱針下面，發出沉悶喑啞的歌聲。哪一張都一樣，都是在港口、船員、霧、女人的回憶、南十字星、酒和歎息中結束。輪機長五音不全，他曾想嘗試每次航海記住一首歌曲，結果總是記不全，下次航海時就完全忘記了。船猛地一搖晃，唱針就會斜著滑動，將唱片劃傷。

夜晚是漫無邊際的談天說地。什麼「愛情和友情」啦、「戀愛和結婚」啦、「有沒有和生理食鹽水注射液一樣大量的葡萄糖注射液」等題目，都能引起十幾分鐘的熱烈討論，最後總是堅持到底的人獲勝。擔任歌島青年會支部長的安夫，辯論起來條理清晰，讓前輩都佩服不已。至於新治，他就一言不發地抱著雙膝，微笑著聽大家的意見。「他肯定是個笨蛋」，有一次輪機長這麼對船長說。

船上的生活非常繁忙。從早晨一睜眼打掃甲板開始，所有的雜役都推給了新人。安夫的懶惰也變得令人髮指——他就是做一天和尚撞一天鐘的態度。因為有新治幫著安夫，所以這種態度剛開始還不是那麼顯眼。有天早晨，安夫裝作上廁所，逃避打掃甲板的工作，躲在船員室裡休息。看不過去的水手長教訓了他幾句，安夫的回答出言不遜：

「反正我回島以後就要做照老爺的女婿，所以這艘船遲早是我的。」

水手長怒不可遏，但是他也心存顧慮，萬一安夫說的是真的呢？所以他沒和安夫正面衝突，而是將這個新人的無禮回答悄悄告訴了其他同事，結果反而對安夫造成了不利。

忙碌的新治，也只有晚上睡前和當班的時候能偷偷看一下初江的照片。他絕不會把照片給任何人看。有一天，安夫吹噓說自己能當上初江的丈夫，新治罕見地設計了一個精妙的復仇。他問安夫有沒有初江的照片。

「啊，有的。」安夫馬上就回答道。新治很清楚那是謊言，他心裡充溢著幸福。過了一會兒，安夫若無其事地問了他：「你有嗎？」

「什麼？」

「初江的照片啊。」

「哦，沒有。」

這恐怕是新治有生以來第一次撒謊。

歌島丸抵達了那霸，接受了海關的檢疫，進入港口，卸了貨。船被強制停泊兩三天，這是因為要運回內地的鐵屑得在運天港裝貨，而運天是不開放港口，還需要等待許可。運天位於沖繩島的北端，戰時是美軍最初登陸的地點。

一般船員不允許上陸，他們只能每天從甲板上眺望荒涼島嶼上光禿禿的山。當時進駐的美軍害怕島上留有還沒引爆的炮彈，就把山上的樹木全部燒光了。

韓戰很快就結束了，但島上的風景還是非同一般：戰鬥機訓練時的轟鳴終日不斷，沿著港口鋪設的寬廣混凝土道路上，數不清的汽車往來穿梭，有小轎車、卡車和軍用汽車，都在亞熱帶的夏日裡閃閃發光。沿著道路快速建起的美軍住宅散發著瀝青的鮮豔光澤，老百姓的房子則相形見絀，打滿補丁的鋅板屋頂在風景裡露出醜陋的斑駁。

能夠上島的只有大副一個人，他去山川運輸的子公司請代理人。

終於，繞去運天港的許可批了下來。歌島丸進入運天港，裝好了鐵屑。那時沖繩的天氣預報說颱風即將襲來，暴風圈半徑已經覆蓋沖繩。為了盡早出發，逃離颱風圈，船一大早就出港了。之後一路朝著內地方向前進即可。

早晨下著小雨，海上波濤洶湧，刮著西南風。

背後的山馬上就消失了，歌島丸在視野狹窄的大海中，依靠指南針行駛了六個小時。晴雨錶的刻度一直下降，海上一浪高過一浪，氣壓異乎尋常地低。

船長決意返回運天。雨水橫飛，視野裡一片模糊，歸途的六個小時極其艱難。運天的山終於出現了。熟悉這裡地形的水手長站在船頭仔細觀察。港口被周長兩海里的珊瑚礁所環繞，要從沒有浮標設備的空隙裡穿過去，是非常困難的。

「停……走……停……走！」

歌島丸幾度停止前進，好不容易降低速度穿過了珊瑚礁的縫隙。那時已是下午六點鐘。

珊瑚礁內側有一艘鰹魚漁船在避難。那艘船向歌島丸拋出了纜繩，幾條繩索將兩條船連在一起，船舷併攏，歌島丸駛入了運天港。港內的波浪平穩了，但風勢更猛了。船舷並列的歌島丸和鰹魚漁船，將各自的船頭用兩根纜繩和兩根鋼索固定在港內大約三個鋪席大小的浮標上，準備抵禦颱風。

歌島丸上沒有無線設備，只有指南針。於是，鰹魚漁船的無線話務員將颱風的路徑和方向等訊息，逐一報告給了歌島丸的瞭望塔。

入夜後，為了監視不能百分之百保證安全的纜繩和鋼索，鰹魚漁船四人一組，歌島丸三人一組地輪番守夜值班。

浮標是否可靠就已經令人不安了，但是纜繩會不會斷更令人擔心。值班人員一邊和風浪搏鬥，一邊冒著危險，用海水浸溼纜繩。因為纜繩一旦乾燥了，就很容易被磨斷。

晚上九點，兩艘船被風速二十五公尺的颱風包圍了。

從夜裡十一點開始當值的是新治、安夫和一名年輕的水手。三人不停地撞著船艙，爬上了甲板。針一樣的水沫吹打著他們的臉頰。

甲板上無法站立。甲板像牆壁一般聳立在眼前，船上所有部分都在震動。港內的波浪雖然不至於沖刷甲板，但暴風裹挾著的水花，形成反捲的水霧，覆蓋了視野。三人一路匍匐前進，終於來到了船頭，抱住了木樁。兩根纜繩和兩根鋼索把這根木樁和浮標連接在了一起。

半夜時，前方二十公尺處的浮標有些模糊了。白色的浮標在一片漆黑當中，微弱地顯示著它的位置。伴隨著類似悲鳴的鋼索的摩擦聲，巨大的風團襲擊而來，將船高高拋起，浮標被沖到遙遠的黑暗下方，變小了。

三人抱住木樁，彼此看著對方，說不出話來，臉上全是海水，眼睛幾乎睜不開。風的嘶吼和海的咆哮，反而給了包圍著三人的漫漫長夜一種狂暴的寧靜。

他們的任務是盯住纜繩。纜繩和鋼索緊緊地繫著浮標和歌島丸。疾風中所有的東西都搖擺不已，只有這些繩索還在堅守陣地。仔細盯住它們，就會給他們的心帶來一種由集中精神生出的確信。

有個瞬間，風一下子停了。但是那個瞬間卻讓三人戰慄不已。馬上，巨大的風團又重新襲來，搖動帆杆，以驚人的轟鳴將大氣向遠方按壓而去。

三人默默地守望著纜繩。纜繩在風的呼嘯中，斷斷續續地發出尖銳高亢的呻吟。

「快看！」安夫慌了神地高喊。鋼索發出不吉利的嘎嘎聲，捲在木樁的一端好像有些偏離了。三個人看到眼前的木樁發生了極其微妙卻可怕的變化。那時，一條鋼索從黑暗中跳了回來，像鞭子一樣閃過，打在木樁上，發出了低沉的吼聲。

剎那間，三人趴下了身子，沒有被斷了的鋼索打到。如果被擊中的話，肯定會皮開肉綻。鋼索就像沒死透的生物，發出高亢的呻吟，在甲板的黑暗中跳來跳去，畫了一個半圓之後才安靜下來。

好不容易才發覺事態嚴重的三人害怕了。繫著船的四根繩索斷了一根。剩下的一根鋼索和兩根纜繩，也不知道何時會斷。

「趕緊報告船長吧！」安夫這麼說著，離開了木樁。他抓著什麼東西往前走，被吹倒了好幾次，終於到達了瞭望塔，向船長報告了。身材魁梧的船長沉著冷靜——至少看起來是這樣。

「是嗎？那我們就用保險繩吧！颱風凌晨一點鐘左右到達頂峰，用上保險繩就萬無一失了。需要找個人游過去把保險繩繫到浮標上。」

船長把瞭望塔的工作委託給二副後，就和大副隨著安夫來到了船頭。他們把保險繩和新的細索，像老鼠拉年糕一樣，緩緩地拖拽著，從瞭望塔拽到了船頭的木樁前。

新治和水手抬起了詢問的目光。

船長彎下身子大聲說道：「有誰能把這根保險繩繫到對面的浮標上去？」

狂風咆哮，守護著四個人的沉默。

「沒有人嗎？這些膽小鬼！」船長又一次喊道。安夫縮著脖子，嘴唇顫抖。

新治用爽朗明快的聲音喊道：「我來吧！」他當時的確是在微笑，因為大家都看到了黑暗中那潔白整齊的牙齒。

「好，趕緊去吧！」

新治站了起來。年輕人對之前縮成一團的自己感到恥辱。狂風從夜晚漆黑的深處襲來，直擊他的身體，但是他堅定地站在晃動的甲板上。對於習慣了在暴風雨中出海的他來說，這只不過是多少發了點脾氣的大地而已。

他側耳傾聽，颱風在他那男子漢氣概的頭頂肆虐。無論是大自然安靜午睡之側，還是這樣狂暴的宴席，他都有被招待的資格。汗水將雨披內側打得透溼，背後和胸前也都沾溼了，他乾脆把雨披脫掉扔了。於是身穿白色圓領衫的赤腳年輕人，浮現在了暴風雨的黑暗之中。

船長指揮著四個人，將保險繩的一頭繫在了木樁上，另一頭繫在了細索上。這項工作被風妨礙著，進行得很艱難。

繫好以後，船長將細索的一頭遞給新治，在他耳旁叫道：「把這個纏在身上游過去！在浮標那裡把保險繩掛過去繫好！」

新治把細索在褲腰上纏了兩圈。他站在船頭，俯視著大海。打在首舷上的浪頭和水花下面，盤踞著深不可測的黑暗波濤。它們重複著不規則的運動，隱藏著會帶來支離破碎的瘋狂的危險。剛覺得逼近眼前，它們又鑽了下去，形成了深不見底的漩渦。

新治的心裡，一瞬間劃過了掛在船員室的上衣內袋裡初江的照片。但是，這虛幻的念想馬上被風吹散了。他從甲板上一躍而下，跳進了大海。

到浮標的距離是二十公尺。即便有著一雙自信不輸給任何人的手臂，有著能圍繞歌島五周的游泳才能，也無法保證可以游過這二十公尺。可怕的力量壓在年輕人的手臂上。想要打破波浪前進的手臂，被看不見的棍棒一樣的東西擊打著。他的身體難以隨心所欲地前行，而是被迫隨波逐流。他的力量和波浪抗衡著，剛要糾纏在一起，腳下突然像抹了油一般滑開，白費力氣。他一度相信自己已經來到了觸手可及浮標的地方，可是從波浪間抬頭一看，浮標又離自己和以前一樣遠了。

年輕人使出全身力氣游著。巨大的波浪一點點地後退，給他讓出了道路，就像鑿岩機穿過堅固的岩石那樣。

碰到浮標的那一刻，年輕人手滑了一下，又被風浪推了回去。然而這一次非常幸運，波浪一下子把他送到了浮標的面前，他一口氣爬上了浮標。新治做了一個深呼吸，風灌進了他的鼻子和口中。那一瞬間，他感覺自己要窒息了，一時間忘記了下一個任務是什麼。

浮標在黑暗的大海裡隨波搖擺著。波浪不斷沖刷著它的半個身子，又呼嘯著流下來。為了防止被風吹走，新治俯下了身子，解開纏在身上的細索——濡溼的繩索很難解開。

新治拉著解開了的細索，這時候才第一次望向了船頭的方向。船頭的木樁處，四個人靜止不動。鰹魚漁船的船頭，值班員也注視著新治這邊。僅僅二十公尺開外而已，看起來卻那麼遙遠。繫在一起的兩艘船的黑影，高高地一起升起，又一起沉下去。

對抗細索的風力不大，捯它的過程還是比較輕鬆的。但細索末端忽然一沉，直徑十二公分的保險繩被拽了過來。新治差一點撲進了海裡。

對抗保險繩的風力很大，年輕人好不容易才握住了保險繩的一端。保險繩太粗，連他那結實的大手都很難握住。

新治不知道該怎樣用力。想用腳蹬，但是面對狂風，他不能採用這個姿勢。如果一不小心被保險繩奪去平衡，就會被拽進大海裡。他溼透的身體發熱，臉上發燙，太陽穴在劇烈地跳動。

將保險繩繞了浮標一圈後，工作變得輕鬆了。在那裡產生了力量的支點，反而是新治的身體開始倚靠著粗大的保險繩了。

他將保險繩在浮標上繞了兩圈之後，沉著冷靜地打了一個牢固的結，舉起手來示意任務已經完成了。

他清楚地看見船頭上四個人朝他揮手。年輕人忘記了疲勞，他快活的本能甦醒了，已經用盡的力氣又重新湧了上來。向著暴風雨，他深深地吸了一口氣，又跳進海裡往回游了。

甲板上垂下了繩子，將新治救了上來。船長用巨大的手掌拍了拍爬上甲板的年輕人的肩膀。他用男子漢的意志支撐著馬上就要失去意識的疲勞。

船長命令安夫扶著新治去了船員室。不當班的船員幫他擦拭了身體。一上床，年輕人就進入了夢鄉。無論外面暴風雨如何肆虐，都妨礙不了他甜美的睡夢了。

……第二天早晨，新治一覺醒來，發現枕邊灑滿了明亮的陽光。

他從床鋪邊的舷窗向外望去，颱風過後的澄澈藍天、被亞熱帶的太陽曬著的光禿禿的荒山、平穩安靜的大海的閃光，盡收眼底。

# 第十五章
# 新治歸來

歌島丸回到神戶港的時間，比預定日期晚了幾天。船長、新治和安夫回到島上時，已經錯過了原計畫能趕上的八月中旬的舊曆盂蘭盆節。在聯絡船神風丸的甲板上，三人聽到了島上的最新消息：舊曆盂蘭盆節之前，一隻巨大的烏龜在古里海濱上了岸。烏龜被當場宰殺，牠的蛋裝了滿滿一水桶，以一個兩圓的價錢賣了。

新治來到八代神社參拜還禮，然後馬上就被十吉邀請到家裡吃飯，被硬灌了好幾杯酒。

第三天，新治又乘著十吉的船出海了。關於跟著歌島丸實習的事情，新治什麼都沒說，但是十吉從船長那裡已經打探得清清楚楚了。

「聽說你立了大功啊！」
「也沒什麼。」
年輕人有點臉紅了，但也沒再說什麼。如果是不知道他人品的人，也許會認為他是不知在哪裡睡了一個半月吧。
又過了一會兒，十吉若無其事地問道：「照老爺什麼也沒說嗎？」
「嗯。」
「是嗎？」
誰都沒有提到初江。新治也不覺得有什麼難過，他立在夏末的大浪中搖晃的船上，全心全意投入了熟悉的勞動。這勞動就像裁剪合身的衣服，完全貼合他的身體和心靈，根本沒有其他煩惱潛入的餘地。
不可思議的自足感一直伴隨著他。傍晚時在海面上疾馳的白色貨輪的影子，雖說和很久以前看到時的感覺不同，但還是給了新治新的感動。
「我知道船的去向。船上的生活，那些艱難，我都知道。」新治想道。
至少那艘白船已經失去了「未知」的影子。但是比「未知」更加吸引人心的，是在夏末的傍晚，拉著長長的煙遠去的白色貨輪的形狀。用盡全力拉拽的那根保險繩的重量，年輕人又一次在手中感受到了。曾經，那遠遠眺望的「未知」，他的確用堅實的大手觸碰到了。他感到自己也能夠觸碰到海面上的白色貨輪。他童心大發，向著晚霞漸濃的東邊的海面，伸出了骨節突出的五根手指。

——暑假已經過半，千代子還是不回來。燈塔長夫婦天天盼著女兒回家。他們發出了催促的信，沒有回信。又發了一封後，過了十天，千代子這才好不情願地回了信，也沒寫理由，只寫了這個暑假不回島。

母親使出了苦肉計，流淚寫了超過十頁信紙的快件，懇求女兒回家。回信寄來時，已經是暑假沒剩幾天、新治回島過了七天的時候了。那令人意外的內容讓母親驚訝不已。

千代子在信裡向母親坦白了事情的原委：暴風雨那天她看見兩人親密地一起走下石階，就多此一舉告訴了安夫，讓新治和初江陷入了困境。罪惡感一直折磨著千代子的心。如果新治和初江不能幸福的話，自己就不能裝作沒事一樣回島。所以她提出了條件：如果母親能當媒人說服照吉，讓兩人結合的話，自己就可以回到島上。

這封悲劇色彩的求情信，讓善良的母親顫抖了。只要她不出手，女兒就很可能因為良心的苛責而輕生。燈塔長夫人在各種書籍中讀到過青春期女孩因為一些瑣事而輕生的可怕案例。

燈塔長夫人決定不讓丈夫看到這封信，想著自己必須趕緊去把所有事情辦好，讓女兒早點回島。她穿上了一件外出用的白麻質地的套裝。於是她又重新恢復了去學生父母那裡解決棘手問題的女校老師的氣概。

通往村子的路邊，各家前面鋪著草席，上面曬著芝麻、紅豆和大豆等。發青的小芝麻種子，沐浴著晚夏的陽光，在呈現新鮮顏色的草席的粗紋上，投下了一個個紡錘形的可愛影子。從這裡看下去，今天的大海波瀾不驚。

沿著村子主幹道的混凝土臺階往下走，夫人的白色涼鞋發出清脆的聲響。還可以聽見熱鬧的笑聲和有節奏地拍打溼東西的聲音。

她一看，原來是沿路的小河旁邊，有六、七個身穿便服的女人在洗衣服。舊曆盂蘭盆節後除了偶爾去採摘海帶，得了空的海女就集中洗滌積攢下來的髒衣服。她看見新治的母親也在其中。幾乎誰都不用肥皂，而是將衣服鋪在平坦的石頭上，用雙腳踩踏。

「哎呀，夫人，您這是要去哪裡啊？」

女人一起這麼打著招呼，鞠了躬。褲腿高高挽起的便服下，黝黑的大腿上蕩漾著河水的反光。

「去一趟宮田家照吉老爺那裡。」

夫人這麼回答著，心想不和新治母親打招呼就去撮合他兒子的婚事，未免有點不太合適。於是她從主道那裡往回繞，走下通往小河的滿是青苔的打滑石階。穿著涼鞋，腳下有些危險。她背朝小河，一邊幾次回頭偷偷望向小河，一邊用手扶著石階，慢慢地走了下去。有個女人站在小河中間，給太太伸出了援手。

下到河邊後，夫人脫下涼鞋，光著腳開始蹚起水來。

河對岸的女人都驚呆了，眼睜睜地看著這場冒險。

夫人找到新治的母親，在她耳邊笨拙地說了周圍人都能聽到的「悄悄話」：

「在這裡說這話是有點不妥，不過新治和初江那之後怎麼樣了？」

新治的母親面對這突如其來的問題，瞪大了眼睛。

「新治很喜歡初江吧？」

「這個嘛，是啊……」

「可是照吉老爺橫加干涉了吧？」

「是啊……所以新治現在很痛苦……」

「初江那邊怎麼樣了？」

這「悄悄話」周圍都能聽見，所以其他海女都加入了進來。首先，自從那次貨郎舉辦比賽以來，海女都站在了初江這一邊。大家聽了初江的告白，全都反對照吉。

「初江也很喜歡新治呀，夫人，真的啊。可是，照吉老爺卻想把那個靠不住的安夫招為入贅女婿。沒見過有這麼傻的事。」

「所以啊，」夫人拿出講臺上的口吻說道，「我在東京的女兒，給我發了封威脅信，讓我一定要撮合兩人，否則就不回來了。接著我就要去照吉老爺那裡商量此事，所以得先打聽一下新治母親的想法。」

母親將腳上踩著的兒子的睡衣拿了起來。她慢慢地擰乾，考慮了一會兒。不久，母親向著夫人深深地低下頭，這麼說道：「那就拜託您了！」

其他海女的俠義心熊熊燃燒，就像河邊的水禽一樣，七嘴八舌地互相商量著，最後決定代表村子裡的女人跟著夫人一起去，用人數威脅照吉。夫人答應了。除新治母親之外的五個海女約好了，趕緊擰乾衣物拿回家，然後在去往照吉家的轉角處和夫人碰面。

燈塔長夫人站在了宮田家昏暗的土間裡。

「有人嗎？」依舊是年輕充滿活力的聲音。

沒有回應。房子外面，被太陽曬得黝黑的五個海女眼睛閃閃發光，那一張張熱心的臉就像仙人掌一般伸長，打量著土間裡面。夫人又喊了一次，聲音在空無一人的房間裡迴盪。

不久梯子臺階上傳來咯吱聲，身穿浴衣的照吉走了下來。初江好像不在家。

「噢，是燈塔長夫人。」

照吉威嚴地站在門框處嘀咕道。他絕不會給人好臉色，獅子鬃毛一般的白髮倒豎著，一般的客人都會嚇得落荒而逃。夫人也有些膽怯，但還是鼓起勇氣開口了：

「我有事想當面和您談談。」

「是嗎？請上來吧。」

照吉轉過身，輕快地爬上了臺階。夫人緊隨其後，五個海女也都安靜地爬上了樓梯。

照吉將燈塔長夫人請進了二樓裡面的會客室，自己坐在了柱子前。對於進入房間的客人增加到六個，他也沒有顯示出太多的驚訝。他無視這些客人，看著打開的窗外，手裡擺弄著印有鳥羽藥房廣告的美人畫團扇。

從窗戶往下看就是歌島港。堤防上只停泊著一艘合作社的船。伊勢海遙遠的那頭，夏雲靜靜地佇立著。

外部光線太過明亮，使房間內顯得昏暗了。佛龕裡掛著上上屆三重縣知事的手書掛軸。在一段盤根錯節的樹根上直接雕刻的，利用細長分叉的木枝做成雞尾和雞冠的雌雄對雞，發出樹脂一樣的光澤。

沒有鋪桌布的紫檀木桌子這邊，坐著燈塔長夫人。門口的簾子前，五個海女忘記了剛才的氣勢，坐得方方正正，像是在召開便服展覽會。

照吉依舊不看她們，也不說話。

夏天午後悶熱的沉默籠罩著房間，房間裡幾隻大白蠅飛來飛去，發出的嗡嗡聲占據了這種沉默。

燈塔長夫人擦了好幾次汗，終於開口了：

「不好意思，我要找您商量的，是您府上的初江和久保家的新治的事情……」

照吉還是沒有回過頭來。過了很久，他才像吐出什麼似的開口了：

「初江和新治嗎？」

「唉，是的。」

照吉這才把臉轉過來，毫無表情地說道：

「這事的話，已經定好了。新治今後就是初江的夫婿啊。」

女客像決了堤的水一樣歡騰起來。照吉還是無視客人的感情，接著說：

「可是兩人都還小，所以我想現在先訂婚，等到新治成人以後再正式舉行婚禮。我聽說新治的母親生活很艱難，我可以撫養他的母親和弟弟，或者我們一起商量，每個月給他們提供一些援助也可以。這些話我還對誰都沒說呢。

「剛開始我也很生氣，可是棒打鴛鴦以後，我發現初江沒了精神，覺得這樣下去不行。於是我想了一個計策：讓新治和安夫上我的船當見習船員，拜託船長在適當的時候考驗一下他們。這個事船長也透露給十吉了，十吉還沒對新治說吧。反正就是這樣，船長非常欣賞新治，說再也沒有這樣的好女婿了。新治又在沖繩立了大功回來，所以我也改變了主意，決定要招他當女婿了。這就是事情的全部……」

照吉加重了語氣：

「男人就是看氣魄，只要有氣魄就好。這個歌島上的男人沒有它可不行，出身和財產都是其次，不是嗎，夫人？新治就是有氣魄。」

# 第十六章
# 燈塔之夜

新治已經可以公然出入宮田家了。一天晚上，從海上回來的新治，身穿清爽的白色開襟襯衫和長褲，兩手各提著一條大鯛魚，站在門口叫初江。

初江已經準備好了，正在等他。他倆約好了要去八代神社和燈塔報告訂婚之事並道謝。

土間處的暮色還很明亮。初江從裡面出來，穿著上次從貨郎那裡買到的印著大朵牽牛花的白底浴衣——那白底就是在晚上也很鮮明。

新治一手扶著門等待著。初江一出來，他就急忙用手去拍打穿著木屐的一隻腳，嘴裡嘟囔著：

「蚊子真厲害。」

「是呀。」

兩人登上了八代神社的臺階。雖說一下子跑上去也並不費勁，但他們倆還是仔細品味著似的，一級級心滿意足地攀登上去。登上了一百級臺階的時候，他們覺得再往上爬就有些可惜了。年輕人想拉對方的手，但是鯛魚阻礙了他。

大自然也給他們降下了恩寵。登頂之後，他們回頭看向伊勢海。夜空中滿是星星，只有知多半島方向低雲橫駐，時不時有無聲的閃電劃過。潮聲也不是很喧鬧，就像大海安眠時健康的鼻息那樣，安靜而有規則。

穿過松林，兩人參拜了樸素的神社。年輕人合掌拜謝，為自己雙手有力而高亢的擊掌聲感到自豪。於是他們又一次擊掌。初江低下頭祈禱，白底浴衣的領子，使她的脖子看起來更顯黝黑。但是無論多麼白的脖子，在新治看來都不如初江的脖子更有吸引力。

向神靈祈禱的事情全都靈驗了——年輕人心裡又充滿了幸福。兩人祈禱了很久。從沒懷疑過神靈的他們，感受到了神靈的庇佑。

神社辦公室還亮著燈。新治打了個招呼，窗戶開了，神官把臉伸了出來。新治笨嘴拙舌不會說話，神官怎麼也搞不清楚兩人的來意。好不容易才講清楚了，新治拿出了神前的供品鯛魚。神官拿到這條鰭大肉厚的大魚，馬上盤算起自己主持婚禮的日子，衷心地向他們表示祝賀。

沿著神社後面的松林間道路向上攀登的兩人，越發感受到了夜裡的涼爽。天色完全暗下來了，暮蟬還在鳴叫。去往燈塔的路充滿險阻，正好一隻手空了出來，新治拉住了初江的手。

「我呀，」新治說道，「我想今後參加考試，拿航海技術執照，當個大副。滿二十歲就可以考執照了。」

「好啊。」

「等拿了執照，我們就舉行婚禮吧。」

初江也沒回答，羞澀地笑了。

轉過女人坡，就離燈塔長宿舍不遠了。透過玻璃可以看到準備晚飯的夫人的影子，年輕人像往常一樣打了聲招呼。

夫人打開了門，看到了薄暮中的年輕人和他的未婚妻。

「噢，兩個人都來了。」

夫人好不容易用雙手接過了那條大鯛魚，高聲叫了起來：

「孩子她爸，新治拿來了一條漂亮的大鯛魚呢！」

怕麻煩的燈塔長在房間裡面，沒有挪動地方，回應了一句：「你總是送魚來，太感謝了。這次恭喜你們了。趕快進來吧，快進來。」

「快進來，」夫人又催促道，「明天千代子就回來了。」

年輕人絲毫不知道自己曾給千代子的感動和各種各樣的困惑，所以對於夫人這句唐突的補充，也只是聽著，什麼也沒想。

被硬勸著吃了飯，兩人待了將近一小時。準備回去的時候，在燈塔長的提議下，兩人參觀了燈塔。因為新來島上的初江，一次也沒有見過燈塔的內部。

燈塔長首先帶兩人去了值班小屋。

走過昨天剛剛播了蘿蔔種子的小塊旱地旁，登上混凝土臺階，面前就是值班小屋。燈塔在山邊的高臺上，值班小屋下臨斷崖絕壁。

燈塔的明亮燈光在值班小屋面臨斷崖這一側，變成了一道發著光霧的柱子，從左到右橫切移動。燈塔長打開門先走了進去，把燈打開。燈光下，掛在窗戶柱子上的三角尺、整理得乾乾淨淨的桌子、放在桌子上的船舶通過報告筆記本和朝向窗戶的三腳架上的望遠鏡一覽無餘。

燈塔長打開窗戶，親自將望遠鏡調到了適合初江身高的高度。

「哇，真美啊！」

初江用浴衣的袖子擦拭了鏡頭，又重新看了一下，發出了驚呼聲。

新治用視力超群的眼睛，看著初江的手指向的方向，給她講解。初江的眼睛一直放在望遠鏡上，指著東南海面上星星點點的數十處燈火。

「是那些嗎？那些是機帆船底曳網的燈光。都是愛知縣的船呢。」

海上無數的燈火和天上無數的星星，好像是一一對應一般。眼前是伊良湖燈塔的燈光，伊良湖岬鎮上的燈火在它背後散開，左方可以看到微弱的篠島的燈火。

左端是知多半島野間岬的燈塔。它的右邊，豐濱町的燈火靜止不動。中央的紅色燈光，是豐濱港堤防的燈。再往右邊很遠的地方，大山頂上的航空燈塔閃閃發光。

初江再次發出歡呼聲——鏡頭裡進入了一艘大船。

那是一個無比壯觀、無法用肉眼看清的明晰而微妙的映射，因此在大船緩緩掠過鏡頭的視野範圍時，年輕人和未婚妻兩人互相謙讓著，輪流觀察。

這好像是一艘有兩三千噸的客貨船。休閒甲板的深處，能夠清楚地看見鋪了白色桌布的餐桌和椅子，一個人都沒有。

像是餐廳的房間裡面，可以看到塗著白色油漆的牆壁和窗戶，突然從右方出現了一個穿著白色衣服的侍應生，從窗前倏忽而過……

不久，這艘亮著綠色前燈和後桅杆燈的大船，駛出了望遠鏡鏡頭的視野，沿著伊良湖水道駛向了太平洋的方向。

燈塔長帶著兩人參觀了燈塔。一樓放著注油器、油燈和油罐，飄著一股油味，發電機發出轟鳴聲運轉著。三人登上窄窄的螺旋形樓梯，來到了燈塔頂上孤獨的圓形小屋——這裡悄悄地藏著燈塔的光源。

兩人從窗戶向外看去，看著這道光柱在暗波喧鬧的伊良湖水道上從左到右豪邁地橫掃而過。

燈塔長靈機一動，把兩人單獨留下來，自己沿著螺旋形樓梯下樓了。

這間圓形屋頂的小屋，四面是打磨得錚亮的木頭牆壁。黃銅的金屬配件閃閃發光。把五百瓦的光源擴大為六萬五千燭光的厚厚的透鏡，保持發出連閃白光的速度，圍繞著光源緩緩地旋轉著。透鏡的影子飛過四周圓形的木頭牆壁，伴隨著明治時代燈塔特有的「叮叮叮」的聲音，那影子也飛過了將臉頰貼在窗上的年輕人和未婚妻的後背。

兩人感到彼此的臉頰貼得很近，只要想碰就可以碰到，還有那燃燒著的熱⋯⋯然後，兩人前面出現了意想不到的黑暗。燈塔的光柱有規律地從茫茫的黑暗上掃過，正在此時，透鏡的影子轉過他們白色襯衫和白色浴衣的後背，扭曲了他們後背的形狀。

現在新治又想，儘管經歷了那樣的痛苦，最終他們還是在一個道德體系裡獲得了自由，眾神靈的護佑一次也沒有離開過他們。曾經被黑暗包圍著的這座小島，守護著他們的幸福，成就了他們的戀愛。

突然，初江把臉轉向新治，笑了。她從浴衣口袋裡掏出了一個小小的粉色貝殼，拿給他看：

「這個，還記得嗎？」

「當然記得。」

年輕人露出美麗的牙齒微笑了，然後從自己襯衫胸口的內袋裡，掏出了初江的小小照片，給未婚妻看。

初江輕輕地摸了一下自己的照片，又還給了男人。

少女的眼睛裡浮現出自豪，她認為是自己的照片保護了新治。然而，此時年輕人揚了揚眉毛。他知道，戰勝那次冒險的是自己的力量。

一九五四年四月四日

譯後記

# 希臘憧憬與現代日本之間

## 一、希臘眾神與日本眾神

從一九五一年一月開始，為了總結自己即將逝去的二字頭的十年，三島由紀夫決意描寫「自己內心的矛盾對話」，開始在《群像》雜誌連載有如希臘雕像一般的美少年和老作家登場的《禁色》。這部同性戀題材的作品在文壇上掀起了巨大風潮，讚美和批評之聲不絕於耳。之後《禁色》發行單行本，其間三島還寫了數個短篇，發表了最初的評論集《狩獵和獵物》，顯示出旺盛的創作精力。

不過，這之前他對川端康成說過：「哪怕一生只有一次，也想去看看帕德嫩神廟。」一直討厭自己有多餘感性的三島，想去廣闊的世界尋求「有著肉體存在感的理性」。正好父親高中時代的老友、朝日新聞社出版局長嘉治隆一提議去海外旅行，三島求之不得，馬上答應下來。

三島的環球旅行於一九五一年十二月二十五日開始，從橫濱港駛向夏威夷。在船上「和太陽握手」的三島，開始考慮「自我改造」的問題了。從夏威夷途經北美、南美和歐洲，這段環球旅行中，令三島特別著迷的就是希臘的雅典和在羅馬的梵蒂岡美術館看到的安提諾斯雕像。

被古代希臘的「肉體與理性的均衡」和明朗的古典主義療癒了的孤獨的三島，發現「創作美的作品和自己變成美的東西是基於同一倫理基準上的」。他於翌年（一九五二年）五月十日回國，把這個環球遊記寫進了《阿波羅之杯》。

之後，從希臘得到的感動一直延續著，三島決心把它變成一個有形的東西。於是，他從描寫古代希臘田園牧歌式愛情的《達夫尼與克蘿伊》（朗高斯著）取材，構思了一個以日本偏僻海島漁村為舞臺的愛情故事，這就是《潮騷》。

《潮騷》是三島第十部長篇小說，於一九五四年六月十日由新潮社出版發行，旋即成為暢銷作品，獲得第一屆（一九五四年度）新潮社文學獎，並立馬被數家電影公司爭奪版權。文庫版於翌年十二月二十五日由新潮文庫出版發行，翻譯版以馬里帝茲・韋瑟比（Meredith Weatherby，美國翻譯家，將三島作品介紹到海外的第一人）的英譯本為首，陸續在世界各國出版，廣受歡迎。

小說為何要以一個偏僻海島上的小漁村為舞臺呢？這是因為，三島想要尋找一個與古代希臘相似，擁有「日本樸素的村落共同體的生活感與倫理觀」和「宗教感覺」，以及能與「希臘眾神」重合，有著「日本眾神」的場所。

於是，他請求水產廳給他找一處「絲毫沒受到都市影響、風光明媚、經濟上也略為富裕的漁村」。水產廳給他介紹了金華山海邊的某個小島和三重縣的神島。三島選擇了距離《萬葉集》中多次登場的「古典文學的名勝古蹟」（指伊勢神宮所在的伊勢一帶）很近的神島，並馬上奔赴現場考察。沒有酒吧，也沒有柏青哥店，與現代文明隔絕的質樸小島一下子抓住了他的心。之後三島談及選擇神島的理由時，也說「因為這是日本唯一沒有柏青哥店的小島」。

《萬葉集》詠唱的伊良湖岬之歌中，出現了「潮騷」這個詞，原文為：

潮騷（しほさゐ）に　伊良虞（いらご）の島辺（しまへ）漕ぐ舟に　妹（いも）乗るらむか　荒き島廻（しまみ）を。

這裡的伊良虞指的就是伊良湖岬或者神島。大意為：「潮聲陣陣，伊良湖岬的泛舟之中，有我所愛之人嗎？在這波濤洶湧的海島四周。」

三島分別於一九五三年三月、八月和九月三次登島采風，仔細觀察了八代神社、神島燈臺、崗哨、島民生活、例行祭祀、漁港、歷史、颱風，以及海女和船員的工作與生活，並認真記錄在筆記本上。他在《〈潮騷〉執筆之時》中寫道：

這個海島因從大海得到豐富的海產而致富，但因為工作是和大海打交道，所以也會發生悲劇。一家裡有好幾個孩子遇難的母親也很多。男人成人之後馬上就要到海上從事近海或遠洋漁業。女人不是離島一段時間去學習禮儀，就是成為海女，這是這個島上一直以來的傳統。

## 二、與豐饒自然的結合

三島在神島考察時寫給川端康成的信裡面說，要寫一部與《禁色》那種「頹廢小說」完全相反的「健康的」作品。關於《禁色》的下一部長篇，他留下了如下的筆記。他說，比起與既成道德對決的《禁色》，《潮騷》是「既成道德皈依者的幸福故事」：

> 我準備寫一部關於天才的小說。不是藝術的天才，而是生活的天才。他絕不是成功者、貴族、大政治家或者富豪。他是一種完全的生活行為者，默默無聞地度過一生。但是他生下來就是一個天使，一種幸運、一種天寵一直跟隨著他，寸步不離。其間雖然也有像拉丁文戀愛小說那樣的波瀾，但是最終他還是會幸福地和所愛的女人結合。他是小漁村裡的一個漁夫。這將會成為我的第一部民眾小說。（三島由紀夫《〈禁色〉創作筆記》）

《潮騷》出版後的第二年，三島發表了隨筆《小說家的休日時光》。他在其中提及德國詩人荷爾德林獻給滅亡了的古希臘的孤獨哀歌《海波龍》（*Hyperion*），海波龍又譯作亥伯龍、海伯利安、許珀里翁，源於希臘神話，本意為「穿越高空者」，是一個孤高的形象。

談到古代「多神教對自然的擬人化」、「呼吸、生命」，和近代社會用科學征服自然的「人和自然的對立」，他說，《潮騷》要描寫的自然是「古希臘的自然，不會招來海波龍式孤獨的、由穩固的共同體意識所支撐的唯心論的自然（認為自然是神的產物）」。

啟蒙時期的人文主義，完全是唯物的人文主義。它將自然看成物質，要征服自然，將自然分解為道具，不久它就會誘導世人將人也看作物質——因為將自然看作物質就意味著將人看作物質。人把人看作物質，不只是把他人看作物質，也把被別人看到的自己看作物質。最終，人只能在不被別人注視的時候，才能成為他自己。

近代人類為了拯救這種孤獨，想到了兩個方法：不是打著「精神」的旗號再次從自然、從世界、從人類中逃避，就是再次沉浸在古希臘的唯心論自然觀裡。荷爾德林選擇了後者。這個討厭人類的作家，為了拯救自己的孤獨，只能投身唯心論的自然——沒想到這是一條更加狹窄而不為人理解的小路，他最終不得不在海波龍式的孤獨裡發瘋了。

三島一邊與荷爾德林共鳴，一邊摒棄了荷爾德林獻給古希臘的哀歌的孤獨，試圖在現代發現類似古希臘多神教的共同體意識。於是他相信海神的護佑，把主人公塑造成一個和「豐饒的自然」合為一體生活的青年：

年輕人感到圍繞著他的豐饒的大自然，和自己融為一體了。他深深的呼吸，宛如創造出大自然的看不見的東西滲入了他身體的深處；他聽見的潮聲，彷彿大海巨潮的流動和他體內充滿活力的熱血奔湧的合奏。（《潮騷》第六章）

## 三、三島由紀夫的異色之作

《潮騷》是三島的一部風格迥異的小說。在三島所有作品中，它占據著一個特殊的位置，就算環視整個日本現代小說，也很難找到它的同類。和《假面的告白》、《金閣寺》等三島其他的純文學系列的作品不同，《潮騷》的故事裡沒有絲毫深奧和狷介的成分。它非常易懂好讀，又極其質樸單純，它田園牧歌式的青春戀愛故事贏得了廣泛的喜愛，先後五次被拍成電影（其中不乏吉永小百合、山口百惠等著名女星的版本），還是三島作品中被選入《文學全集》次數最多的一部。

作為一部作家二十九歲時寫成，回顧和紀念自己青春的「青春讚歌」，《潮騷》有著一種融合了童話和神話要素的純真和完美，從故事情節的展開到人物描寫，幾乎所有的地方都打破了現代小說寫實性的常識。小說表面上看起來非常直率和樸實，但內裡隱藏著意外的挑戰和戰略。

在寫這部青春小說之前，三島已經完成了多種多樣的作品。比如《愛的饑渴》是他二十五歲時的作品，再前一年寫出了《假面的告白》。而《金閣寺》是《潮騷》完成僅僅兩年後的小說。

在這些作品的環繞下，《潮騷》顯得形單影隻。作為小說家的三島，喜歡《愛的饑渴》女主人公和《金閣寺》主人公那種有著強烈內心衝突的人物，喜歡朝著血腥的、破壞性犯罪突進的性格。不得不承認，他偏愛異於常人的怪人。因此，他小說的情節，幾乎都充滿了濃濃的血腥、背德、反社會等氣氛，他反覆地拿出異常、奇怪，而病態的東西。

然而，從《潮騷》裡我們找不到一絲這種異常的東西，一切反而是極其健康的。新治和初江這一對戀人即便很有機會，他們也沒有發生性的接觸。就連全裸的兩人緊抱在一起這種「危險」的場面也平安無事地度過，兩人決心守護純潔，直到結婚之日。這簡直是令人不敢相信的與現代社會隔絕的戀人啊——也許讀者會這麼想。

村裡另外一個年輕人、初江的追求者安夫深夜埋伏在泉眼旁，想要把初江占為己有。這個行動也以失敗告終，初江的純潔絲毫沒有受到損害。這簡直可以說是清教徒式的、純潔無瑕的愛情故事。

所有暴力和血腥都被從這個世界驅逐出去，作品中唯一關於「血」的描寫，只不過是「年輕人還站在廚房門口猶豫著。比目魚已經被裝進了一個白色的大搪瓷盤子。牠微微翕動的魚鰓裡流出了血，滲透了白色光滑的魚身」這一處而已。這是新治給一直以來照顧自己的燈塔長夫婦送魚的場面，這種平淡的描寫反而在小說中非常顯眼。

《潮騷》就是這樣一部現世安穩、歲月靜好的小說，是作為作家的三島的一部例外之作，是一個完全排除了犯罪和血腥的世界。

尤海燕

二〇二一年九月

潮騷 / 三島由紀夫著；尤海燕譯 . -- 初版 . -- 臺北市：時報文化出版企業股份有限公司, 2023.01
192　面；14.8×21 公分 . -- ( 愛經典；66)
ISBN 978-626-353-392-9（精裝）

861.57　　　　　　　　　　　　　　　　　　　　　　　　　　111021913

本書譯自 1955 年新潮社版《潮騷》（『しおさい』）

**作家榜经典文库**
★ ★ ★ ★ ★ ★ ★ ★ ★ ★

ISBN 978-626-353-392-9

Printed in Taiwan

愛經典 0 0 6 6
# 潮騷

作者一三島由紀夫｜譯者一尤海燕｜編輯總監一蘇清霖｜編輯一邱淑鈴｜企畫一張瑋之｜美術設計一FE 設計
｜校對一邱淑鈴｜董事長一趙政岷｜出版者一時報文化出版企業股份有限公司　108019 臺北市和平西路三段
二四〇號四樓　發行專線一（〇二）二三〇六一六八四二　讀者服務專線一〇八〇〇一二三一一七〇五、（〇
二）二三〇四一七一〇三　讀者服務傳真一（〇二）二三〇四一六八五八　郵撥一一九三四四七二四時報文
化出版公司　信箱一10899 臺北華江橋郵局第 99 信箱　時報悅讀網一http://www.readingtimes.com.tw｜電
子郵件信箱一new@readingtimes.com.tw｜法律顧問一理律法律事務所　陳長文律師、李念祖律師｜印刷一
絋億印刷有限公司｜初版一刷一二〇二三年一月十八日｜定價一新台幣三二〇元｜（缺頁或破損的書，請寄
回更換）

時報文化出版公司成立於一九七五年，並於一九九九年股票上櫃公開發行，於二〇〇八年脫離中時
集團非屬旺中，以「尊重智慧與創意的文化事業」為信念。